달이 뜨는 숲

달이 뜨는 숲

아오야마 미치코 지음 — 승미 옮김

月 の 立 つ 林 で

RHK
알에이치코리아

차례

1

누군가의 초하루

사람을 돕고 싶다는 생각을 오랫동안 해왔지만, 도대체 '사람'이란 누구를 말하는 걸까?

덜컹덜컹 일정하게 들려오는 열차 소리에 몸을 맡기고 나는 생각에 잠겼다. 냉기로 가득 찬 열차는 점심시간이 막 지난 탓에 한산했다. 오랜만에 하는 외출로 몸도 마음도 몹시 지쳐버렸다.

나는 자리에 앉은 채 눈을 감았다. 머릿속은 멍했고, 눈꺼풀 안쪽에서는 익숙한 풍경이 나타났다 사라지기를 반복했다.

사람 형태의 희미한 그림자가 나타나자 나는 생각에 잠겼다.

너에게 주고 싶은 것이 있어. 너에게 받고 싶은 것이 있어.

그 사람을 향해 손을 뻗는다. 그런데 당신은 누구시죠?

나도 내가 진정으로 누군지 모르겠다고 생각하며 어슴푸레 꿈속으로 빠져들었다.

>) ● ●

개찰구를 지나 역을 나서자 매미울음 소리가 들려왔다.

8월의 오후, 역앞 로터리는 뜨거운 열기로 가득했다. 익숙하지 않은 구두 안에서는 새끼발가락이 비명을 질렀다.

합성가죽으로 만든 가방이, 대단한 물건이 들어있지도 않은데 무거웠다. 슈퍼에 들러 저녁거리를 사갈까 고민했지만 일단 먼저 집에 들려 옷부터 갈아입고 싶었다.

상점가와 좁은 골목을 지나 집으로 돌아왔다. 도쿄 외곽에 있는 이 단독주택에서 나는 태어나서 지금까지 사십 일년이라는 세월을 지냈다.

현관문을 열자 한 여인의 뒷모습이 한눈에 가득 들어왔다.

이리저리 구불거리는 긴 갈색머리에 노란 나시 원피스 차림의 여자는 옆집에 사는 히구치 씨였다.

히구치 씨는 뒤를 돌아보며 환한 미소를 지었다. 화장기 없는 피부 위로 기미가 옅게 드러나 보였지만 오십 살 치고는 어려 보였다.

"레이카 양 왔구나?"

"……안녕하세요."

현관에서 히구치 씨와 마주보고 서 있는 엄마도 "왔니?" 하고 인사를 건네며 나를 다정한 표정으로 바라봤다.

히구치 씨는 손잡이가 달린 네모난 상자를 손에 들고 있었다. 작은 반려동물을 넣을 수 있는 이동장이었다. 그 틈새로 무언가가 움직이는 게 보였다. 히구치 씨가 키우는 흰 고양이였다.

"부탁이 좀 있어서 말이야."

그는 안 그래도 큰 입을 억지로 더 크게 벌려 웃으며 초조한 듯이 말했다.

"갑작스러운 말이긴 한데 지금 당장 친구랑 여행을 떠나기로 했거든. 아까 히로키 군에게 전화로 물어봤더니 고양이를 봐줄 수 있다고 해서……."

"그래놓고 요 녀석이 연락을 안 받는 거 있지?"

히구치 씨의 말을 가로채듯 엄마가 말을 이었다.

그러니까 그 말인즉슨, 남동생 히로키가 건성으로 고양이를 봐주겠다고 대답해놓고 가족에게 아무 말 않고 외출을 해버렸고, 지금까지 연락이 되지 않는다는 것이다.

히로키는 히구치 씨네 부부와 친하게 지내는 터라 집에도 몇 번 놀러가곤 했지만, 나나 부모님은 얼굴을 보면 인사를 나누는 정도의 사이일 뿐이었다. 루나라는 흰 고양이를 키우고 있는 건 알고 있었지만 고양이를 직접 본 적은 없었다.

히구치 씨는 눈썹 양 끝을 축 늘어뜨린 채 말했다.

"저기, 서둘러야 해서 이제 나가봐야 하는데……. 죄송하지만 루나를 맡아주실 수 없을까요? 사람도 잘 따르고 얌전해서 말썽은 안 부릴 거에요."

"언제까지 봐 드리면 되죠?"

"그게…… 3일쯤이요."

쯤이요? 그게 무슨 말일까. 히구치 씨는 어색한 미소를 지었다.

나는 이동장 안에 있는 루나가 걱정됐다. 루나는 지금 어떤 기분일까? 자신에게 무슨 일이 일어나고 있는지도 모른 채 이 불안한 상황을 견디고 있을 테지.

……고양이라면.

"그러세요. 제가 봐 드릴게요."

"정말?"

히구치 씨는 가슴에 손을 얹으며 과장되게 큰 한숨을 내쉬었다.

"레이카 양이 간호사라서 마음이 놓이네."

나는 아무 말도 하지 않았다.

내가 간호사인 것과 고양이를 봐주는 일에 어떤 상관관계가 있는 걸까?

그렇지만 이런 식의 이야기는 히구치 씨뿐 아니라 많은 사람들에게 자주 들어왔던 말이다. 누군가의 뭔가를 돌보는 일, 건강 전반에 관한 일들을 죄다 퉁쳐서 이렇게 말하곤 했다. 간호사라서 마음이 놓인다, 간호사라서 걱정 없겠다, 역시 간호사네. 도대체 간호사를 뭐라 생각하는 건가 싶어 매번 납득이 가지 않았다.

입을 꾹 닫은 나의 차가운 표정을 어떻게 해석했는지 히구치 씨가 말을 이어갔다.

"맞다, 일을 쉬고 있다고 했던가?"

히구치 씨의 질문에 나는 무심한 듯 답했다.

"그만뒀어요."

히구치 씨는 흠칫하며 손으로 입을 틀어막았다가 분위기를 바꿔보려는 듯 금세 입가에 미소를 띄우며 나와 엄마를 번갈아 쳐다보았다.

"아, 루나 밥이랑 화장실은 이 쇼핑백 안에 넣어뒀어요."

히구치 씨는 어깨에 걸친 대형 이케아 쇼핑백을 살짝 열어 손가락으로 물건을 하나씩 짚어가며 대략적인 주의사항을 설명하고는 한손을 들어올렸다.

"그럼 잘 부탁해요! 올 때 선물 많이 사 올게요!"

나는 고양이 이동장을 거실로 옮긴 후 문을 열었다.

루나는 불안해보였지만, 내가 두 팔을 내밀자 몸을 쭈욱 늘어뜨리며 예상보다 쉽게 내 품 안으로 파고들었다.

집에 동물이 있는 거 정말이지 오래만이었다. 고등학생 때 토끼를 키운 게 마지막이었다. 고유키小雪라고 불렀던 그 토끼도 루나처럼 이렇게 털이 하얬다.

주방에서 설거지를 하던 엄마가 말했다.

"친구랑 갑자기 여행을 가게 됐다면서 옆집에 고양이를 맡긴다는 게 좀 어이없지 않니?"

한동안 사람이 살지 않았던 옆집에 히구치 씨네가 이사 온 건 반년 전의 일이었다.

부인은 웹디자이너에 남편은 히구치 준이라는 업계에서 꽤 이름이 알려진 포토그래퍼라고 했다. 두 사람 다 쉰이라는 나이에 첫 결혼을 했고, 아직 신혼이라고 했던 것 같다.

남편 쪽은 좀처럼 마주칠 일이 없어서 거의 대화를 나눠보지 못했으나, 부인 쪽은 활발하고 사교적이지만 지나치게 성격이 밝은 탓에 오히려 속마음을 파악하기가 어려웠다.

"아무렴 어때. 어차피 난 매일 집에 있는걸."

종지에 담은 물을 바닥에 내려놓자 금세 루나가 다가와 홀짝홀짝 소리 내며 마셨다. 목이 말랐었나 보다.

3개월 전, 나는 오랫동안 근무해 온 종합병원을 그만뒀다.

부모님께는 사후통보를 한 탓에 엄마가 기함하며 "결혼하려고?" 하고 물어왔다.

퇴직에서 결혼으로 직결되는 엄마의 사고회로에 나는 맥이 탁 풀리고 말았다. 안타깝게도 그런 예정은 없었다. 마지막으로 남자친구 비스무리한 존재가 있었던 것도 멀고 먼 과거의 일이다.

그렇다고 해서 옮길 직장이 있는 것도 아니었다. 그저 일을 계속 이어갈 수 없을 것 같아서 그만두기로 마음을 먹었다.

"한동안 쉬어보렴. 그동안 줄곧 일만 하기도 했고, 너는 부모 밑에 있으니 걱정할 일도 없을 테고."

올해 정년을 맞이하는 아빠는 그렇게 말했다.

부모 밑에 있으니 걱정할 일도 없을 거라는 아빠의 말은 틀린 게 하나도 없었다. 나는 복이 많다.

하지만 그런 사실이 나를 더 옥죄어왔다. 거참 신세 좋네, 라는 말을 듣고 있는 것 같아서.

부모님 모두 안녕하시고, 일을 안 해도 생활하는 데 어려움이 없고, 결혼도 안 하고 집에서 빈둥거리는 걸 보니 아무 걱정이 없어서 좋겠구나. 히구치 씨도 분명 그렇게 생각하고 있을 것이다.

나는 한 번도 혼자 살아본 적이 없다.

간호학교도 근무했던 병원도 집에서 충분히 다닐 수 있는 거리였던데다, 직장이 정해졌을 무렵에는 엄마의 건강이 좀 나빠졌다. 입원과 퇴원을 반복하던 엄마도, 엄마 없이 집에 있을 아빠도 걱정이 됐다. 엄마와 아빠 모두를 걱정하면서 직장에서는 또 신입 간호사로 정신없이 바쁘게 일하는 동안 엄마는 건강을 제법 회복하여 오히려 아프기 전보다 건강해진 듯했었다. 그 후로는 병원 일이 너무 바빠졌다.

그때 이후로 나는 이 집에서 독립할 기회를 완전히 잃고 말았다. 상황이 이렇게 되자 외출을 할 곳도 마땅치 않았고 계속 집안에 틀어박혀 지내는 하루하루가 답답하기만 했다. 일주일에 4번 파트타임을 나가는 엄마도 처음에는 집안일을 적극적으로 돕는 내 모습을 보며 흐뭇해했지만 점점 언제까지 그러고 있을 거냐고 말하는 듯한 눈빛을 보내곤 했다.

내 집인데도 여기에 있으면 안 될 것 같은 기분이 들어서 독립을 해볼까 하는 생각을 하기도 했다. 다행히 통장에는 어느 정도의 돈이 있었다. 하지만 현실적으로 생각해보면 아파트 한 채를 떡하니 살 수 있을 만큼의 금액이 있다면 모를까 그 정도 돈으로는 택도 없는 일이었다. 사십대에 무직인 여성이 혼자 집을 빌릴 수 있을 리 만무했다.

일을 찾아야지. 그래, 어쨌거나 새로운 일을 찾아야지.

나는 몇 곳의 취업정보 사이트를 보면서 한 달 새 열 곳 정도의 회사에 지원했다. 결과는 처참했다. 대부분 이력서조차 내보지 못하고 불합격 연락을 받았다. 사람을 구하는 곳은 많았으나 내가 응모할 수 있는 곳은 매우 한정적이었다. 게다가 나이가 나이니만큼 직장을 옮겨 오래 일하려면 단기 아르바이트를 구할 수도 없는 상황이었다.

그래도 오늘, 사무직으로 면접까지 올라간 인쇄소에서는 작은 희망을 보았다. 응모자격에 나이, 경험 불문이라고 쓰인 것을 보고 지원한 곳이었다. 작은 회사였고 간단한 컴퓨터 작업과 전화응대를 하는 일이었다. 사무직 경력은 없지만 열심히 노력하면 못할 일은 아닐 것 같았다.

면접자로 나온 소장님은 온화한 중년 남성으로, 이력서를 보며 "간호사로 일하셨네요"라고만 짧게 말했다. 그 밖에는 아무런 질문을 하지 않아서 김이 샐 정도였다.

"사쿠가사키 씨처럼 점잖은 분이 오시면 저희도 감사하죠"

소장은 호의적인 미소를 보였고, 이후로는 소소한 이야기를 나누다가 면접을 마쳤다. 나오는 길에 소장은 인쇄소 근처에 있는 런치가 맛있는 정식집 정보까지 알려주었다.

나는 지금, 며칠 내로 연락해 주겠다던 면접 결과를 기다리는 중이다. 이번에는 좋은 결과가 있으면 좋으련만.

물을 마신 루나는 소파 밑으로 들어가 줄곧 숨어 지냈다. 안전하다고 느끼는 장소에서 이쪽 상황을 주시하고 있는 듯했다.

나는 그동안 히구치 씨가 주고 간 고양이 화장실을 설치하고 집안에 위험한 물건이 없는지를 확인하며 깨지기 쉬운 물건을 선반 위로 옮겼다. 한동안 숨어있던 루나가 소파 아래서 얼굴을 내밀었는데 내가 자신을 위해 움직이고 있다는 걸 모르는 고양이라고 생각하니 한결 편안한 마음이 들었다. 상대가 사람인 경우에는 그렇지 못했다. 서로 상대방이 어떤 생각을 하는지 머리를 굴리고 마는 것이다. 하지만 고양이라면 이렇게 함께 지낼 수 있겠다는 생각이 들었다.

밥때에 맞춰 캔 사료를 꺼내주니 잠깐 망설이는 듯하던 루나가 그릇 앞으로 쪼르르 다가와 코를 박고 사료를 먹기 시작했다. 아직 나를 경계하고 있지만 식욕은 있는 듯했고 막 도착했을 때처럼 바들바들 떨지도 않았다. 히구치 씨의 말처럼 정말 순하고 사람을 좋아하는 고양이였다. 사료를 깨끗하게 먹어 치운 후에 루나는 소파 끝에 앉아 몸을 동그랗게 말았다.

나는 결국 슈퍼에 가지 않고 냉장고에 남아있는 재료로 가족들과의 저녁식사를 해결하고는 내 방으로 향했다. 그런데 놀랍게도 루나가 내 뒤를 쫓아왔고, 나는 루나를 내 방으로 초대했다.

방에 널부러진 잡지들을 치우고 유리로 된 장식품, 초콜릿을 서랍에 넣고는 노트북 전원을 켰다.

회사를 그만둔 후에 집안에서만 지내다시피 하다 보니 컴퓨터 앞에 앉아있는 시간이 많아졌다. 쇼핑을 하거나 뭔가를 알아볼 때는 스마트폰보다 노트북이 편했다.

검색 사이트를 열어 글자를 입력했다.

고양이 임보.

집고양이를 임시보호할 때 알아둬야 할 정보가 쓰인 수많은 사이트가 나타났다.

눈에 띄는 내용을 대충 훑어보며 '현관문, 창문을 통한 탈출에 주의'라는 글자를 머릿속에 새기고는 의자에 기댄 채 목 스트레칭을 했다.

그렇지, 오늘 일과도 마무리를 해야지. 나는 아마존 사이트를 열었다.

아마존 뮤직 북마크에서 라이브러리에 커서를 갖다 댔다.

그 리스트 속에서 나는 팔로우 중인 팟캐스트 방송을 열었다.

〈달도 끝도 없는 이야기〉

다케토리 오키나라는 인물이 진행하는 이 팟캐스트는 오늘도 변함없이 방송이 올라와 있었다.

오전 7시에 매일 10분씩, 정말 부지런한 사람이라는 생각이 들었다. 그는 아침 일찍부터 일어나 방송을 업로드하고 있는데 청취자인 나는 밤이 되어서야 겨우 듣는다는 사실이 민망할 정도였다.

언젠가 마음의 안정을 도와주는 음악을 듣고 싶다는 생각에 아마존 뮤직에서 그런 곡을 찾다가 문득 항상 메뉴바에 표시된 팟캐스트가 뭔지 궁금해졌다. 아이콘 속 그림은 아무래도 마이크인 듯했다.

팟캐스트는 라디오 같은 무료 콘텐츠인 듯했고, 화면을 스크롤해 어떤 방송이 있는지를 살펴보나가 그중 한 사진에 눈길이 멎었다.

짙은 네이비색 배경에 하얀 손글씨로 그려진 재킷. 화려하고 컬러풀한 사진들 속에서 심플한 그 재킷이 오히려 내 시선을 사로잡았다.

다케토리 오키나. 다케토리모노가타리(일본 전래동화. 대나무 장수인 할아버지가 빛나는 대나무 통에서 발견한 여자아이를 데려와 할머니와 함께 키우는 이야기. 이후 아름다운 여인으로 자란 가구야 공주는 공주의 소문을 듣고 찾아온 명문가 자제들과 천황의 청혼을 거절하고 달로 돌아간다. - 옮긴이)에 나오는 대나무 장수 할아버지라는 뜻일 것이다. 방송 제목인 〈달도 끝도 없는 이야기〉도 '달'에 관한 방송임을 연상케 했다. 나는 흥미에 이끌려 화면을 클릭했다.

달을 매우 좋아하는 진행자가 달에 관한 간단한 지식과 생각을 소개하는 방송이었다. 그동안 올라온 리스트를 보니 내가 이 팟캐스트를 발견했을 때는 이미 진행자가 50회의 방송을 공개한 후였다. 모든 날 모든 방송이 딱 10분 분량으로 제작돼 있었다.

조작법은 간단했다. 삼각형 재생버튼을 클릭하기만 하면 됐다. 나는 우선 그날 올라온 회차의 방송을 청취했다.

"대나무숲에서 들려드립니다. 다케토리 오키나입니다. 가구야 공주는 잘 지내고 있으려나."

다케토리 오키나는 박식하면서 약간의 유머가 있었고 표현력이 풍부한 남성이었다. 대나무숲에서 인사드립니다, 라는 인사는 틀림없이 다케토리 이야기를 연상케 하기 위한 가상의 설정일 것이다.

밝고 또박또박한 말투에 어딘지 모르게 깊이가 느껴지는 목소리다. 나이는 몇 살 정도일까? 젊을 것 같기도 하고 의외로 나이 든 아저씨 같기도 한 목소리였다.

나이야 어쨌든 간에 내가 좋아하는 목소리다. 부드럽고 상냥한 목소리 덕분에 안심이 됐다. 방송을 좀 더 듣고 싶다는 생각이 들 만큼.

나는 그렇게 며칠에 걸쳐 50회분을 다 들었다.

내가 알지 못했던 이야기뿐이었다. 달이 지나는 길을 '백도'라고 부르는 사실도, 달이 2분 만에 달 두 개만큼의 거리를 이동한다는 사실도, 비행기로는 달에 도착하기까지 16일이 소요된다는 사실도.

그가 하는 이야기에 몸을 맡긴 채 달을 상상하는 일이 즐거웠다. 잠깐 동안이라도 내 주변에서 일어나는 번잡한 일들을 잊을 수 있었기 때문이다.

그날 이후로도 나는 매일 〈날도 끝도 없는 이야기〉를 들으며, 그 10분간의 휴식시간을 만끽했다. 때때로 그는 "오늘은 초삼일입니다", "음력 13일이네요" 하고 그날의 음력 날짜를 알려주기도 했다. 그러면 나는 밤하늘을 올려다보았다.

다케토리 오키나라는 인물을 인터넷에 검색해 봤지만 아무런 정보도 나오지 않았다. 대나무숲에서 방송을 한다는 설정의 달 매니아라는 정보가 다였다.

'그럼 슬슬 오늘의 방송을 들어볼까' 하고 나는 오른쪽 제일 위 아이콘을 클릭했다.

타이틀은 〈오지랖 넓은 달〉이었다.

"……대나무숲에서 들려드립니다. 다케토리 오키나입니다. 가구야 공주는 잘 지내고 있으려나."

루나가 책상 옆 침대로 풀쩍 뛰어올랐다.

앞다리를 핥고 있는 루나를 보며 나는 다케토리 오키나의 목소리에 귀를 기울였다.

"달은 말입니다, 탄생 직후에는 지금보다 지구와 가까워서 훨씬 크게 보였다고 합니다. 그리고 지구 주변을 고작 5시간 만에 돌았다고 하죠. 물론 거리가 가까운 만큼 지구에 준 영향도 엄청나서 조수 간만의 차 때문에 바닷물이 요동을 칠 정도였죠. 그게 지구 생명의 탄생과 진화에 큰 도움이 되었답니다. 달은 이렇게나 오지랖이 넓어요."

루나는 몸을 웅크리고 앉아 눈을 감았다. 나는 손을 뻗어 루나의 등을 쓰다듬었다.

다케토리 오키나는 슬며시 목소리를 낮추며 천천히 이야기를 이어갔다.

"지금 달과 지구는 그때처럼 가깝지 않아요. 실은 지구 자전속도에 맞춰서 달은 조금씩 조금씩 멀어져 가고 있지요. 그 거리가 얼마인가 하면 1년에 대략 3.8센티미터정도예요."

우와, 그렇구나. 나는 손끝으로 루나의 부드러운 감촉을 느끼면서 작은 목소리로 혼잣말을 했다.

3.8센티미터는 어느 정도의 길이일까? 고양이 귀 정도?

"달과의 거리가 처음과 똑같았다면 지구는 지금쯤 어떤 별이 됐을까요? 지금은 달과 지구가 38만 킬로미터 정도 떨어져 있어서 달이 지구 자전축의 안정된 기울기를 유지하게 해주고 또 달 중력 덕분에 지구에 있는 생명체가 평화롭게 지낼 수 있게 해주죠. 그래서 지금은 지금대로 딱 좋은 상태인 겁니다. 그래서 달과 지구는 조금씩 멀어지면서도 그때그때 가장 좋은 상태로 관계를 이어왔구나, 하는 생각을 저는 하곤 합니다."

여운을 남기는 듯 다케토리 오키나는 작은 숨을 내쉬었다.

손가락을 펼쳐 루나의 목을 쓰다듬자 그르렁그르렁하는 평화로운 소리가 들려왔다.

❭　❭　●

다음 날 아침, 마당에서 빨래를 널고 있는데 대문이 열렸다.

"누나다."

히로키였다.

"이제 오셨습니까?"

나는 그렇게 말하며 목욕타올을 툭툭 털어 빨래줄에 널었다.

"왜 존댓말? 지금 그거 비꼰 거지?"

히로키는 낄낄거리며 마당으로 들어왔다.

어젯밤 늦게 겨우 연락이 닿은 히로키는 아무렇지 않은 듯 "미안, 스마트폰 배터리가 나갔어"라며 웃었다. 내가 루나 이 야기를 하자 아무래도 다음 날인 줄로 날짜를 착각한 듯했다.

"임보해 주기로 약속을 했으면 그 말에 책임을 져야지."

내가 전화기에 대고 화를 내자 히로키는 조금도 미안한 기색 없이 말했다.

"누나도 고양이 좋아하면서 뭘 그래. 오늘은 안 되고 내일 보러 갈게. 잘 부탁해!"

이 말을 남기고 히로키는 전화를 끊어버렸다. "보러 갈게" 라니. 막돼먹은 저 태도는 평소 모습과 다를 것이 없어서 놀 랍지도 않았다.

그리고 아침 햇빛을 쬐며 나타난 히로키는 얼굴에 상큼한 미소를 띄우며 물었다.

"엄마는 집에 계셔?"

"파트 일 가셨지. 저녁에 오실 거야."

히로키는 극단 단원으로 나오는 열 살 차이다. 같은 부모 밑에서 태어났는데도 어쩜 나와 이렇게나 다른 걸까. 성격이 밝고 낙천적이어서 언제나 다른 이들의 마음속으로 거침없이 뛰어들었다.

히구치 씨 부부가 이사왔을 때도 그는 원래부터 '히구치 준'을 알고 있었는지 "프로필 사진 찍어주세요!"라며 접근해 금세 부인의 마음을 샀다. 우리가 모르는 사이에 히구치 씨 댁에서 저녁밥을 얻어먹은 적도 있다고 했다.

혼자 집을 얻어 나간 것도 아니면서 히로키가 이 집에서 머무는 날은 드물었다. 친구 집부터 2년 전부터 교제 중이라는 여자친구 집이나 극단이 빌려준 연습실, 연극 프로듀서 집까지 이집 저집을 수시로 오간다나 뭐래나. 그러다 어느 날 갑자기 아무런 예고도 없이 집으로 돌아왔다.

어릴 적부터 자유분방한 아이였다. 부모님은 히로키의 제멋대로인 행동을 웃어넘겼고, 평소 조용한 나는 조금이라도 어긋난 행동을 하면 혼쭐을 냈다. 그런 석연치 않은 경험을 자주 해왔고 지금이라고 해서 다를 것도 없었다. 히로키는 집에 있는지 없는지도 모르게 자유롭게 지내는 한편, 나는 집안일을 도맡아 하면서도 집에서 마음둘 곳이 없다는 게 좀 억울했다.

히로키가 출연하는 연극은 한 번도 보러 가지 않았다. 지난 달에 히로키가 준 티켓을 들고 극장을 찾은 부모님이 보여준 홍보물에는 활짝 웃고 있는 히로키의 얼굴 사진이 동그랗게 실려있었다. 처음에는 거의 무대 뒤에서 온갖 잡일을 도맡아 했지만, 지금은 그럭저럭 괜찮은 배역을 맡기도 한다고 했다.

현관으로 향하는 히로키를 보며 나는 "아!" 하고 소리쳤다.

"잠깐만, 문 열 때 조심해야 돼!"

"뭐라고?"

멍하게 뒤돌아본 히로키 옆으로 뛰어가 나는 조심스럽게 현관 손잡이를 쥐었다. 루나가 도망치려 할지도 몰라.

"이야, 루나! 잘 있었어?"

눈꼬리를 내려 웃으며 히로키는 방석 위에 앉은 루나 옆에 주저앉았다. 루나는 흠칫 놀라며 몸을 부들거리더니 방구석으로 도망치고 말았다.

"그렇게 큰 소리를 내면 루나가 놀라잖아."

내가 핀잔을 주자 히로키는 바닥에 드러누워 루나, 루나 하고 혼잣말을 하며 루나를 향해 손을 뻗었다.

루나는 앞발을 가지런히 모은 자세로 앉아 히로키를 쳐다보고 있었다.

"고유키 생각이 나네."

히로키는 생각에 잠긴 듯한 목소리로 말했다. 고유키가 더이상 움직이지 못하게 되자, 초등학생이던 히로키는 목놓아 울다가 어떻게 손을 써볼 수 없을 정도로 깊은 슬픔에 빠지고 말았다. 그런 모습을 옆에서 지켜보다가 나라도 울어선 안 되겠다는 생각을 했던 기억이 난다. 그때 나는 어떻게든 히로키의 기분을 바꿔보려 노력했다.

루나를 귀여워하고 있는 히로키에게 나는 말했다.

"……달로 돌아간다, 라고 한대."

"응?"

"고양이나 개가 천국으로 간다는 말을 '무지개다리를 건넌다'라고 하잖아. 그런데 토끼는 '달로 돌아간다'고 한다더라고."

얼마 전 〈달도 끝도 없는 이야기〉에서 들은 이야기다.

다케토리 오키나의 이야기를 들으며 나는 그제서야 눈물을 흘릴 수 있었다. 그날 이후로 달을 볼 때면 고유키 생각이 나기도 했다.

"누나, 집에 츄르 있어?"

히로키가 몸을 일으키며 길쭉한 파우치에 든 고양이용 간식을 찾았다.

츄르라면 히구치 씨가 준 사료 꾸러미 안에 들어있었다. 히구치 씨는 하루에 두 개까지는 먹여도 된다고 했다.

내가 츄르를 꺼내자 루나보다 히로키가 더 신이 나서 손을 뻗어왔다.

파우치 끝부분을 뜯어낸 후 루나에게 내밀었다. 루나는 슬금슬금 조심스럽게 다가와 결국에는 히로키 앞에 자리를 잡고 신나게 츄르를 핥아댔다.

"귀엽다. 어떻게 이렇게 귀여울 수 있지?"

히로키는 한손으로 츄르를 잡은 채 다른 한 손으로는 스마트폰을 루나에게 바짝 갖다 대고 찰칵찰칵 몇 장의 사진을 찍었다. 루나는 익숙한지 셔터소리에 놀라지 않았다.

간식 타임을 만끽한 후에 루나는 휙 하고 히로키에게서 등을 돌렸다. 히로키도 이 정도면 만족했다는 듯 부엌으로 가서 츄르 껍질을 쓰레기통에 버리고 냉장고에서 보리차 물통을 꺼내 들었다.

"우리도 고양이 키우면 좋겠다."

보리차를 물잔에 따르며 히로키가 말했다. 나는 무심하게 답했다.

"돌보는 건 누가하고?"

"다 같이 돌보면 되지."

"넌 항상 어쩜 그렇게 무책임하니?"

고유키를 키울 때도 그랬다. 초등학교에 있는 사육장에서 태어난 많은 새끼 토끼 중에 한 마리를 얻어온 건 히로키였는데, 결국 온갖 뒤치다꺼리를 한 건 나였다.

그때는 히로키가 초등학생이었기에 눈감아줬지만, 살아있는 생명이란 항상 귀엽기만 한 것이 아니라 이런저런 일을 벌이는 법이다.

밥만 주면 되는 게 아니란 말이다. 토끼집을 청소하고 손톱도 잘라주고 배설물도 처리해야 하고 건강에도 신경을 써야 한다.

나도 찬장을 열어 물잔을 꺼냈다. 히로키가 내 물잔에 보리차를 따라주었다.

"누나는 왜 간호사를 그만둔 거야? 큰 문제만 없으면 이제 곧 간호부장이 될 차례 아니었어? 아깝다. 간호사 정도면 굶어 죽을 일은 없을 텐데 말이야."

나는 선 채로 보리차를 꿀꺽 삼키고 혼잣말처럼 답했다.

"……여러모로 힘들어서. 맨날 허리도 아프고."

2, 3초 후에 히로키가 입꼬리를 올리며 씩 웃었다.

"나이는 못 이기는 법이지."

"뭐, 그런 거지."

"뭐지? 왜 이렇게 순순히 인정하는 거야?"

히로키가 의외라는 듯이 말했다. 내 화를 돋구어 한껏 놀릴 심산이었나 보다.

히로키는 보리차를 다 마시고 빈 물잔을 싱크대에 놓으며 말했다.

"모처럼 시간이 생겼으니까 누나도 좀 나가 놀아. 꾸며보기도 하고 말야. 요즘은 40대도 다들 이쁘던데. 히구치 씨도 누나보다 열 살은 더 많은데 쌩쌩하시고."

"나 그렇게 한가하지 않아. 집에 있으면 할 일이 태산이거든. 엄마가 할 수 없는 큰 세탁물도 빨아야 하고 구석구석 청소도 해야 하고 문이랑 창문에 바른 창호지도 갈아야 하고……거기다….."

내 시선이 루나에게 가닿았다.

"지금은 고양이도 돌보고 있잖아."

좀 나가 놀아.

처음에는 나도 그럴 생각이었다.

모처럼 자유로운 시간이 생겼으니 영화를 보거나 콘서트를 보러 가거나 평소에 못했던 일들을 해보려고 했다.

하지만 딱히 외출할 마음이 들지 않았다. 귀찮았다. 나는 여태까지 그런 일들을 '할 수 없'던 것이 아니라 '하지 않았'던 것이었다. 딱히 누군가의 반대가 있었던 것도 아니었으니까.

일이 바빠서 놀 수 없었다는 건 혼자만의 변명이었던 것이다.

'쌩쌩하게 여행을 다니는 히구치 씨 대신에 다 헤진 티셔츠를 입고 고양이나 보고 있는 나.'

나는 억울한 심정으로 자기비하를 하며 소파에 걸터앉았다.

루나가 살포시 다가와 몸을 내 다리에 스윽 문지르며 갔다.

"악."

놀라고 말았다. 그건 고양이 식 애정표현이라는 것을 어제 인터넷 기사에서 읽었던 참이었다. 가시돋힌 마음을 부드럽게 어루만지는 듯한 루나의 움직임에 마음이 살짝 누그러졌다.

"부럽다. 루나랑 사이가 좋아서. 루나야, 이리로 와주라."

히로키가 두 팔을 벌렸다.

루나는 모르는 척 두 눈을 감은 채 앞발로 얼굴을 부비고 있었다.

)) ●

히로키는 저녁밥을 먹자마자 훌쩍 또 집을 나가고 말았다.

나는 어제처럼 루나를 데리고 내 방으로 들어가 노트북 전원을 켰다. 메일을 확인한 후 아마존 뮤직을 열었다. 오늘의 휴식시간이다. 팟캐스트 아이콘에 커서를 갖다 댔다.

〈달도 끝도 없는 이야기〉는 언제나처럼 오늘도 올라와 있었다.

"대나무숲에서 들려드립니다. 다케토리 오키나입니다. 가구야 공주는 잘 지내고 있으려나."

침대 위에 벗어 던져놓은 후드에 루나가 올라앉았다. 루나는 목줄을 앞발로 툭툭 치기도 하고 물어뜯기도 하며 혼자서 놀이를 시작했다. 그게 그렇게 재밌니?

다케토리 오키나는 가벼운 농담으로 방송을 시작했고, 조금씩 음성을 낮춰갔다.

"오늘은 삭(일직선을 이룬 태양과 지구 사이에 있어 보이지 않는 달 – 옮긴이)입니다. 왠지 이름만 들으면 반짝반짝할 것 같은데 막상 하늘을 올려다보면 그런 모습은 보이질 않죠. 밤하늘은 새까맣기만 하고 말이에요. 삭이 어디 있을까. 찾고 또 찾아도 보이지 않으니까 삭이 막 미워져요. 근데 말이죠, 삭은 틀림없이 있습니다. 이 넓은 지구 어딘가에, 고요히."

삭은 보이지 않는다.

이전 방송에서도 삭에 관한 이야기를 들으면서 '그렇구나'라는 생각을 했다. 여지껏 일상생활을 하면서 달이 보이지 않는 날을 의식해 본 적은 별로 없었다.

다케토리 오키나는 어딘가 익살스러운 말투로 말했다.

"별자리 운세를 좋아하시나요? 저는 믿기도 안 믿기도 하고 또 믿기도 하는데요. 서양 점성술적으로 보면 삭은 새로운 시간의 시작을 의미하고, 이는 지구에 있는 우리들과도 연동되어 있다고 합니다. 그래서 뭔가를 처음 접하거나 새로운 시도를 하기에는 절호의 찬스라는 거죠. 새로운 일, 새로운 만남, 새로운 쇼핑. 지갑이나 구두나 문구류 같은 것을 새롭게 사용하거나 하는 겁니다."

새로운 시간의 시작.

울림을 주는 멋진 말이다. 그저 끝없이 흘러가는 시간 속에 매월 '시작'이라는 마디가 있다고 생각할 수 있다니. 새로운 일이라는 말에 살며시 마음이 동했다.

새로운 일이 생기면 나에게도 새로운 시간이 시작될까? 지금까지와는 전혀 다른 새로운 세상에서.

친절해 보이는 소장의 얼굴을 떠올리던 중에 10분간의 방송이 끝이 났다.

그러고 보니 히로키가 루나의 사신을 트위터에 올린 일이 떠올랐다. 트위터 계정이 없는 나는 이따금 인터넷에서 히로키의 계정을 검색해 들여다볼 뿐이다.

히로키는 '사쿠가사키 히로키'라는 본명으로 계정을 운영했고 팔로워 수가 2천 3백 명 정도였다. 일반인치고는 많은 편인 듯하다. 배우로서는 어떤지 모르겠지만.

고정된 트위터에 최신 공연정보 바로 밑에 츄르를 먹고 있는 루나의 초근접 샷이 보였다. 히로키의 눈에는 루나의 모습이 이렇게 보였구나.

"옆집 고양이 임보 중."

사진과 함께 올린 글을 보고 나는 쓴웃음을 지었다. 마치 자기가 돌보고 있는 듯한 글이 아닌가. 루나의 관심을 끌어보려 츄르를 준 게 다면서.

'좋아요'가 183건에 리트윗이 52건이었다. 그중에는 몇 건의 재인용도 포함되어 있었다. 귀엽다거나 우리집 고양이와 닮았다거나 하는 글들과 함께.

최근에는 히로키의 트위터를 들여다보지 않았다. 마우스 스크롤 버튼을 눌러 그간의 트윗을 거슬러 올라가 보았다. 히로키가 직접 쓴 글과는 별도로 인용한 글들이 여럿 눈에 띄었다.

'극단 호루스'는 히로키가 소속한 극단의 이름으로, 인용된 글들은 극단 관계자들의 트윗인 듯했다.

그중에서 팝한 느낌의 일러스트가 그려진 티셔츠 사진이 눈길을 끌었다. "알림-라스타에 출점했습니다"라고 시작하는 글과 함께였다.

라스타는 핸드메이드 물건을 판매하는 사이트다. 그 글에는 히로키의 답글도 달려있었는데 히로키가 쓴 내용에 따르면 티셔츠 사진을 올린 이는 극단 호루스의 티셔츠를 제작하기도 하는 인물인 듯했다. 첨부된 링크를 열어 티셔츠를 구경한 후 라스타의 메인화면을 열어보니 다양한 아이템들이 나타났다.

액세서리, 일러스트, 소품, 옷……. 손수 만든 상품들이 화면에 실려있었다. 라스타는 프로, 아마추어 상관없이 누구나 다 출점할 수 있는 사이트다.

좋겠다. 손재주가 있거나 아트에 재능이 있으면 이렇게 재밌게 돈을 벌 수도 있는 거구나.

크리에이티브한 일이 부러웠다. 무엇보다도 그들의 일은 결과물이라는 것이 남으니까.

'라스타 추천'이라는 글귀가 달린 목걸이와 귀걸이의 사진을 보다가 "꾸며보기도 하고 말야"라는 히로키의 말이 떠올랐다. 그때는 기분이 상했지만, 이제 보니 히로키가 그렇게 말하는 것도 일리가 있다는 생각이 들었다.

가지고 있는 액세서리 종류가 없어서 결혼식이나 장례식 같은 곳에 갈 때면 성인이 된 기념으로 친척 아주머니께 선물받은 진주 목걸이를 주구장창 돌려쓰고 있다.

액세서리 가게를 찾은 내 모습이 상상이 가지 않아서 잠시

나마 라스타의 이런저런 숍을 들여다보기로 했다.

그런데 숍의 수가 너무 많아서 무엇부터 봐야 할지 도통 감을 잡을 수 없었다. 우선 '이달의 주목 아이템'으로 선정된 상품들을 훑어보기로 했다.

작품마다 정성스런 손길이 느껴졌고 사진을 찍는 기술도 다들 훌륭했다. 하지만 내가 착용하기에는 너무 화려하거나 개성이 넘치는 것들 뿐이어서 구매욕이 당기지는 않았다.

이제 그만봐야겠다는 생각이 들 무렵 마우스를 쥔 손이 움직임을 멈췄다.

〈SAKU朔〉라는 글자가 훅하고 눈에 들어왔다.

사쿠가사키라는 성이 너무 긴 탓일까. 나는 학창시절부터 '사쿠' 혹은 '사쿠짱'이라고 불리는 일이 많았다. 간단한 서류에도 '사쿠'라는 글자에 동그라미를 쳐두기도 했다. 익숙한 그 한자가 화면 속에 덩그러니 놓여있는 것처럼 보였다.

삭이라는 뜻의 사쿠라는 이름이 붙은 그 아이템은 반지였다.

얇은 비단처럼 영롱하게 비치는 검고 둥근 돌이 금색 와이어에 감싸 안겨있었다. 화려하지 않고 색상도 디자인도 심플하고 심심한 편이었다. 그런데 나는 이렇게 아름다운 액세서리를 본 적이 없다는 생각이 들었다. 반지. 나는 반지가 하나도 없었다.

게다가 돌 같은 것은 간호사라는 직업과 전혀 어울리지 않아서 가지고 싶다고 생각한 적조차 없었다.

아티스트 이름에는 'mina'라고 쓰여있었다. 나는 설레는 마음으로 화면을 클릭했다.

화면이 상세정보 페이지로 바뀌었다. 상단에 보이는 메인 사진 이외에도 다양한 앵글에서 찍은 사진이 올라와 있었다. 높은 앵글에서 찍은 사진을 자세히 보니 돌이 동그란 모양 그대로 와이어에 감겨있는 것이 보였다. 돌에 구멍을 뚫거나 갈아낸 흔적은 없었다. 아티스트가 돌을 얼마나 정성스럽게 다루려고 했는지가 느껴지는 듯했다.

작품 정보란에는 재료명이 쓰여있었다.

아티스틱와이어 골드
블랙문스톤

모두 처음 늘어보는 이름이었다.

그 밑에는 mina 씨가 직접 썼을 것으로 추측되는 몇 줄의 설명이 덧붙여 있었다.

'SAKU-삭'은 보이지 않는 달인 신월을 의미합니다.

블랙문스톤은 새로운 달을 상징하는 물건으로 고대부터 주술에도 사용되어왔습니다. 이 돌은 불안한 마음을 진정시켜주거나 새로운 일을 시작하려 할 때 직관력을 높여줍니다.

삭이 새로운 달을 의미하는 줄은 몰랐다.

빨라진 심장박동이 진정되지 않았다. 다케토리 오키나는 말했다. 오늘은 새로운 것을 접하거나 새로운 일을 시도해 보는 데 절호의 찬스가 될 거라고.

새로운 달이 뜨는 날에 '새로운 장소'에서 'SAKU'라는 이름의 액세서리를 만나게 되다니. 마치 이 반지에 이끌려 여기까지 오게 된 게 아닐까라는 생각이 들었다.

달 모양을 한 액세서리는 어디에나 있을 것이다. 보름달도 초승달도 디자인하기 딱 좋은 모양일 테지.

하지만 모습을 보이지 않는 새로운 달. 그 달의 모습을 완벽히 표현해 냈다는 사실이 감동적이었다.

가격은 1천 8백 엔. 이 반지의 가치가 그보다 높을지 낮을지는 알 수 없는 일이었다.

하지만 분명한 것은 이 반지가 나를 지켜줄 거 같았다. 새로운 일은 분명 아무 문제 없이 잘 진행될 것이다.

그런 확신을 얻은 나는 라스타 회원등록 페이지를 열었다. 어제 본 면접에 합격할 거라는 전조일지도 모르겠다는 생각에 좀처럼 경험한 적 없는 설레임에 흠뻑 취한 채로.

다음 날은 아침부터 비가 내렸다. 루나는 거실 소파에서 내리 잠을 자고 있었다. 어디가 아픈가 싶어 인터넷에 검색을 해보니 그렇지 않은 듯했다. 고양이는 비오는 날에 잠을 특히 더 많이 잔다고 한다.

요즘 햇빛이 강하게 내리쬐는 날이 많아서 고양이에게는 오히려 기분 좋은 날일지도 모르겠다. 오후에도 그치지 않는 빗소리를 들으며 루나 옆에서 소파에 기대 앉아있던 나는 창문 밖처럼 가라앉은 기분에 잠겨있었다. 엄마는 외출한 후였다. 청소기라도 돌릴까 싶었지만 이렇게 무거운 몸을 일으킬 엄두가 나지 않았다.

이른 아침에 면접 결과를 기다렸던 인쇄소에서 메일이 왔다.

불합격이었다. 이번에는 자신 있었는데. 호의직으로 보였던 그 미소는 대체 무엇이었을까.

물론 소장을 원망하는 건 번지수가 틀린 일이라는 것쯤은 알고 있다. 그는 그저 좋은 사람이었을 테다.

아무리 그래도, 이렇게 기대를 하게 해놓고 떨어뜨리다니.

처음부터 그냥 나쁜 사람인 편이 좋았을 것 같다.

내 어디가 부족했던 걸까. 마흔 살이 넘어서? 소장의 농담
에 적당한 반응을 보이지 못한 것? 아니면 면접에 입고 간 옷
이 5년 전에 산 낡은 정장이어서? 그것도 아니면 역시나 사무
직 경험이 없기 때문일까? 나는 아무짝에도 도움이 되지 않을
거라는 인상을 남기고 온 걸까?

머릿속을 맴도는 부정적인 사고회로에서 벗어나지 못했지
만, 한편으로는 안전지대에 발을 내딛고 있는 듯한 묘한 기분
이 문득문득 들기도 했다. 그게 무엇인지 알 것 같다는 생각
이 들 무렵, 누군가가 현관문을 세차게 여는 소리가 들렸다.

히로키가 소란스럽게 거실로 뛰어 들어왔다.

"누나! 내 말 좀 들어봐!"

우산을 쓰지 않았는지 앞머리와 셔츠가 젖어있었다. 히로
키는 눈을 반짝이며 말했다.

"나 말야, 가미시라 씨 추천으로 이번 무대에서 주연을 맡
게 됐어."

"가미시라 씨?"

히로키는 내가 말귀를 알아듣지 못해 답답하다는 듯한 표
정으로 두 손을 흔들었다.

"전에 알려줬잖아. 가미시라 류 씨, 극단 호루스의 단장말

이야."

그랬던가 하고 생각하며 나는 "그렇구나" 하고 무심하게 답했다. 히로키는 아무렇지 않은 듯 목소리를 높여 말을 이어갔다.

"고등학생 아들이 있는데 50대로는 안 보일 정도로 생기있고 멋지단 말이지. 가미시로 씨를 동경해서 이 극단에 들어간 거야. 그런 분한테 인정을 받아서 너무 좋아."

"좋은 일이네."

나는 소파에 기댄 채 말했다. 웃는 얼굴로 축하를 했다고 생각했다. 그런데 말에 진심이 실리지 않은 모양이다.

"뭐야, 그게 끝이야? 좀 더 기뻐해 주면 안 돼?"

언짢은 듯한 말투였지만 그래도 히로키는 싱글벙글 웃으며 셔츠를 벗은 후 양말을 향해 손을 뻗었다.

하루하루가 즐거운가 보네, 히로키는.

나는 이렇게 초라하기만 한데.

히로기는 청바지 하나만 걸친 재로 콧노래를 부르며 세면장으로 향했다. 젖은 옷을 세탁 바구니에 넣어두려는 것일 테지. 그러면 옷이 자동적으로 깨끗해지는 줄 아는 히로키에게 부아가 치밀었다.

"이상하게 오늘 계속 귀가 멍하네. 비가 와서 그런가?"

손가락으로 귀 한쪽을 후비며 히로키는 천장을 향해 고개를 살짝 들어올렸다.

"날씨병이라는 그건가? 기압 변화 때문에 몸 상태가 나빠지기도 하잖아. 기압이 올라갈 때던가? 아니면 내려갈 때?"

"글쎄."

히로키의 질문에 화를 가라앉히며 적당히 둘러댔더니 그는 입꼬리를 씰룩거리며 말했다.

"간호사나 돼서 그런 것도 몰라?"

쨍그랑, 하고 머릿속에서 무언가 깨지는 소리가 들렸다.

간호사라서 안심이 된다는 말보다 더 싫어하는 말이었다.

"……그래 모른다, 왜!"

나도 모르게 뱃속 깊은 곳에서 큰 소리가 터져 나왔다.

"그래서 왜? 내가 꼭 알아야 이유가 있어?"

눈을 동그랗게 뜬 히로키가 나를 쳐다봤다.

"누나 무슨 일 있어?"

더는 참을 수 없었다. 나는 자리를 박차고 일어나 히로키에게 거친 말을 퍼부었다.

"간호사가 뭐라도 돼? 나도 그냥 평범한 사람이야. 엄청 애쓰고 노력해도 모르는 것뿐이라고. 너처럼 하고 싶은 일만 하고 사는 한량같은 인간한테 그런 이야기 듣고 싶지 않다고!"

"한량? 나도 연극에 진심이야. 최선을 다해 노력하고 있어."

히로키는 나를 쏘아보았다.

"전부터 했던 생각인데, 누나는 자기 스스로를 옥죄고 있다고 생각하지 않아? 좋아하는 일도 좀 하고 그래."

맞는 말이었다. 정곡을 너무 때려맞은 탓에 마음에 거친 파도가 일었다.

"오늘은 갈아입을 옷을 가지러 온 거야. 나, 당분간 안 들어온다."

히로키는 자기 방으로 들어가 종이봉투를 들고 나왔다.

어느샌가 루나는 방 한켠에 웅크리고 앉아있었다. 우리 둘의 말싸움을 보며 무슨 생각을 하고 있을까.

"미안해, 놀라게 해서."

나는 작은 목소리로 말했다. 루나는 아무 말 없이 가만히 있었다.

》 ❯ ●

사실은 어제 히로키의 말대로 간호사 일을 하면서 "나이는 어쩔 수 없구나"라고 생각하는 순간이 많았다.

야근이나 초과근무가 갈수록 힘에 부쳤고 서둘러야 할 때

엘리베이터가 아닌 계단으로 뛰어 올라갈 때면 숨이 끊어질 것 같았다.

2, 3년 전에는 큰일을 치러도 하루 푹 자고 일어나면 회복되었는데, 이제는 며칠을 앓았다. 평소 허리가 아픈 탓에 무거운 물건을 드는 일은 부담스러웠다.

게다가 불면증으로 고통받는 일이 늘었다. 몸은 피곤함에 절어 있는데도 이불 안에만 들어가면 머리가 팽팽 돌아 잠을 이룰 수 없었다.

간호사 일을 시작한 지도 어느덧 20년이다. 젊었을 때는 딱히 눈에 들어오지 않았던 일, 그래도 괜찮았던 일을 이제는 그냥 넘어갈 수 없었다. 내 스스로에게도, 다른 사람들에게도.

"사쿠가사키 씨도 슬슬 간호부장으로 승진시켜야 한다는 이야기가 있어. 다들 눈여겨보고 있으니까 본보기가 되도록 해야지."

이런 말이 기쁘기도 했지만 부담으로 느껴지기도 했다.

이게 부족했구나. 저걸 제대로 못해냈네. 정신 차려야지.

수면제, 진통제, 위장약. 그리고 영양드링크를 마시며 나는 그날의 업무를 어쨌든 간에 실수 없이 해내기 위해 주의를 기울였다.

분명 그런 노력 탓에 지치고 만 것일 테다. 하지만 퇴직을

누군가의 초하루   45

하기로 마음먹게 된 결정타는 다른 곳에 있었다.

많은 의료기관이 그렇겠지만, 내가 일하는 병원에서도 프리셉터 제도가 있었다. 숙련된 선배 간호사가 일정 기간 동안 신입 간호사에게 일대일로 지도하고 도움을 주는 시스템이다.

내 직속 부하였던 스기우라 씨는 3년 차 간호사로, 처음으로 프리셉터를 맡게 됐다. 그는 성실하기는 하지만 표정이 없고 말수도 적어 약간의 거리감이 느껴졌었다. 스기우라 씨의 담당은 곤노 씨라는 신입이었다. 스기우라 씨와는 대조적으로 언제나 웃음을 잃지 않는 밝고 명랑한 성격이었다.

내가 보기에도 곤노 씨가 스기우라 씨를 어렵게 생각할 수 있는 부분은 분명 있었을 테다. 스기우라 씨는 프리셉터가 된 것을 썩 달갑게 생각하지 않는 듯했고, 설명이 어려웠으며, 객관적으로 보기에도 곤노 씨의 실수를 커버하는 데 부족함이 있다는 생각이 몇 번이나 들었다.

일주일이 채 지나지 않아 나는 곤노 씨에게 상담 요청을 받았다. 스기우라 씨와 일을 함께 하는 데 어려움을 느낀다며.

물론 성향이 맞지 않는다는 판단하에 매칭을 바꿀 수는 있다. 하지만 그런 결정을 쉽게 내리는 일은 되도록 피하고 싶었다. 이후 직장 내 관계가 껄끄러워질 게 뻔하고 스기우라 씨 입장에서 보면 그도 분명 신입을 지도하는 방법을 배우고 있는 중이기 때문이기도 했다.

그래서 나는 조금 더 시간을 두고 보자고 답했다.

"이제 막 시작하기도 했고, 모르는 걸 프리셉터 선배에게만 물어봐야 하는 건 아니니까. 선배 후배 상관없이 여기 있는 모두가 서로 알려주며 함께 배워가는 거야."

내가 그렇게 말했을 때 곤노 씨의 안심하는 표정을 잊을 수가 없다. 그 표정을 보며 괜찮을 거라고 생각한 내 자신도.

그리고 그 후 나는 스기우라 씨에게 프리셉터로서 어려운 점은 없는지 넌지시 물어보았다.

"……괜찮아요."

스기우라 씨는 그렇게만 답했다. 그래서 나는 이렇게 말했다.

"혼자 애쓰지 않아도 돼. 나도 있는 힘껏 도와줄 테니까."

그 이후로 곤노 씨는 더욱 열정적으로 일했다. 그 모습을 보고 있노라면 내 기분이 다 좋아질 정도였다. 나에게도 종종 말을 걸어왔고 적극적으로 질문을 쏟아내기도 했다.

"스기우라 씨와는 요즘 어때?"

하고 내가 슬쩍 상황을 떠보자 곤노 씨는 "너무 좋아요" 하고 활짝 웃어 보였다. 실제로 스기우라 씨의 지도로 곤란한 점은 없어 보였다. 스기우라 씨의 무심한 태도에 곤노 씨가 적응을 마친 듯했다.

큰 문제가 생겼다는 사실을 안 건 프리셉터 기간이 끝나고 스기우라 씨가 다른 부서로 이동한 후였다.

동기 간호사인 가즈에와 휴게실에서 잡담을 나누던 중에 내가 말했다.

"곤노 씨가 많이 성장했어. 저렇게 재밌게 일하는 신입을 정말 오랜만에 보는 것 같아."

선배 된 입장에서 나는 굉장히 자랑스러운 마음이 들었다. 간호사의 격무를 저렇게 밝은 모습으로 열심히 해내는 후배라니. 그러자 가즈에가 생각에 잠긴 듯 말했다.

"그러게. 스기우라 씨는 꽤나 고생했겠지만 말야."

스기우라 씨?

나는 이상하다 생각하며 가즈에를 쳐다봤다. 가즈에는 조용히 말을 이어갔다.

"스기우라 씨가 프리셉터를 맡았을 때 말야, 탈의실에 둘만 있는데 우연히 사물함에서 떨어진 스기우라 씨의 노트에 적힌 메모를 본 적이 있거든."

"노트?"

"응. 그날에 있었던 일이나 곤노 씨에게 앞으로 가르쳐야 할 것에 대한 메모, 고쳐야 할 설명방법 같은 게 빽빽히 적혀 있더라고."

나는 말을 잃고 말았다.

의욕이 없어 보였던 스기우라 씨가 그런 것까지?

가즈에는 천천히 말했다.

"그게 계속 신경이 쓰여서 종종 말을 걸고는 했는데. 스기우라 씨가 프리셉터로 지명된 게 많이 긴장됐던 게 아닐까? 책임감이 강해서 맡은 일을 잘 해내야지 하고 노력은 하는데, 원래 말이 많은 편도 아니고 어떻게 설명해야 좋을지 몰라서 고민이 많았을 것 같아. 곤노 씨는 초반부터 스기우라 씨가 하는 말은 한귀로 흘려듣는 느낌이었고. 모르는 게 있으면 다른 사람들한테 물어보고 그랬나 봐. 그걸 보는 스기우라 씨도 상처를 많이 받았을 거야."

나는 눈앞이 깜깜해졌다.

아무것도, 아무것도 모르고 있었다니.

"서로 알려주며 함께 배워가는 거"라며 "혼자 애쓰지 않아도 된다"며, 나는 두 사람에게 도움되는 말을 했다고 생각했다. 곤노 씨가 나에게 이런저런 질문을 해왔을 때도 도움의 손길을 내밀었다고 생각했다. 그러면 스기우라 씨의 부담을 덜 수 있을 거라 생각했고, 곤노 씨가 친근하게 다가와줘서 기쁘기도 했다.

그게 스기우라 씨의 노력을 빼앗고 그를 얼마나 마음졸이게 했을지는 전혀 눈치채지 못했다.

가즈에는 갑자기 나를 향해 웃음을 지어 보였다.

"물론 곤노 씨가 이번 한 해 동안 노력한 것도 간호사로서 훌륭하다는 것도 인정해. 다양한 성향의 간호사가 있으면 좋으니까. 프리셉터 기간이 끝나고 스기우라 씨한테 일 년간 고생이 많았다고 말을 건냈더니 제가 도움이 되긴 했을까요, 라며 왠지 낙담한 모습이었어. 마지막까지 옆에서 곤노 씨의 성장을 지켜봤으니까 자신감을 가져도 된다고 내가 말했더니 조금 울더라고."

나도 울고 싶어졌다. 그리고 스기우라 씨 옆에 가즈에가 있어서 다행이라고 진심으로 생각했다.

그런데 내가 아니었다니. 당연한 일이었다. 관리직으로서 필요한 매칭 능력도, 보는 눈도, 배려심도 나보다는 가즈에가 훨씬 그 자리에 어울려 보였다.

나는 완전히 지쳐버렸다.

그리고 순식간에 자신감을 잃었다. 지금까지 내가 환자와 직원들에게 해왔던 모든 것을 확신할 수 없었다. 지금까지 내가 마음을 다해 애쓴 일은 옳은 일이었을까?

다른 사람을 서포트 하고 싶었다, 도와주고 싶었다, 그런 일을 하고 싶어서 간호사가 됐다.

그렇지만 사람을 돕고 싶다는 그런 생각 자체가 내 오만이었을지도 모르겠다. 그냥 내 기분이 좋으면 그만이었던 게 아닌가.

사람을 돕는다는 건 뭘까? 무엇을 돕는다고 말하는 걸까? 지금의 나에게는 불가능한 일이었다. 그럴 능력도 체력도 기력도 없으니까.

마음이 지친 이후로 몸은 더 늘어지고 허리 통증도 심해졌다.

최대한 멀리 떨어진 병원을 찾아 "허리 디스크 증상이 보이네요"라는 진단을 받으니 나는 내심 마음이 놓였다. 건강상의 이유로 퇴직해야겠다고 마음을 먹었다.

이제 간호사인 나로는 돌아갈 수 없다. 사람을 가까이하는 일이 무서워지고 말았다. 그렇지만 새롭게 다른 일을 시작하는 것은 더욱 어려운 일이라는 생각이 든다.

이제 어떻게 하면 좋을까. 내가 있을 곳은 어디일까?

피곤해 지친 몸과 마음이 점점 이렇게 소리치고 있다.

도와줘. 누가 나 좀 도와줘.

〉 〗 ●

저녁이 되어서야 나는 무거운 몸을 일으켜 방으로 들어갔다.

뭐라도 일을 찾아봐야지.

노트북을 열자 라스타로 메일 한 통이 날아들었다.

mina 씨였다.

사쿠가사키 씨께

저희 상품을 주문해 주셔서 진심으로 감사드립니다.

희망하시는 반지 사이즈를 알려주세요.

선택 가능한 사이즈는 7호부터 22호까지입니다.

아차, 하고 나는 서둘러 〈SAKU〉와 함께 실린 소개글을 열어 자세히 읽어보았다. 주문 시에는 비고란에 희망하는 사이즈를 적어달라는 내용이 적혀있었다. 그렇구나, 반지를 주문하면서 사이즈 생각을 하지 않았다니. 무언가를 처음 할 때면 꼭 이런 실수를 한다.

부끄러운 일이지만, 나는 나의 반지 사이즈를 알지 못한다. 메일을 다시 읽어보니 이런 내용이 덧붙여 있었다.

만약 사이즈를 모르시는 경우에는 일자로 길게 자른 종이를 손가락에 말아서 종이와 종이가 맞닿은 부분을 볼펜으로 표시해 몇 센치인지 길이를 재서 알려주세요. 저희가

호수로 환산해 반지를 제작하겠습니다. 구매 후에도 무료로 사이즈 조절이 가능하오니 부담 없이 연락 바랍니다.

mina

문장에서 친절함과 익숙함이 묻어났다.

사이즈 적는 걸 깜빡하고 반지를 주문하는 초보가 나 말고 또 있는 걸까?

나는 메모지를 길게 잘라 오른손 새끼손가락에 둘러보았다. 손가락을 하나씩 제외하며 어느 손가락이 좋을지 생각하다 보니 새끼손가락이 마지막으로 남았다. 종이와 종이 끝이 맞닿은 부분에 볼펜으로 선을 그었다. 종이를 펼쳐서 자로 길이를 재보니 4센티 9밀리미터였다. 그럼 몇 호려나.

나는 mina 씨에게 답장을 보냈다.

mina 씨께

친절한 답변을 주셔서 감사합니다.

사이즈 기입하는 걸 깜빡해서 죄송해요.

부끄럽게도 사이즈를 알지 못해서 메일을 통해 알려주신 방법으로 오른손 새끼손가락을 측정해 보니 4센티 9밀리미터였습니다. 잘 부탁드리겠습니다.

나는 끝으로 '사쿠가사키 레이카'라고 쓰려다가 키보드 위에 놓인 손을 내려다보았다. 손가락이 무의식에 이끌린 듯 타닥, 타탁타탁하고 소리내며 움직이기 시작했다. 저, 는.

저는 사실 이런 액세서리를 사는 게 처음이에요.
20년 가까이 해온 일을 그만두고 이직 준비를 하던 중에 〈SAKU〉를 발견했습니다.
새로운 업무에 도전하려는 저의 용기를 북돋아 줄 반지라는 생각이 들었습니다.
하지만 사실 저는 새로운 일을 시작하는 것을 어딘지 모르게 망설이고 있었던 것 같아요.
이제까지와 다른 업종의 회사에 면접을 봤어요. 붙을 거라 생각했는데 불합격 통지를 받고는 낙담하는 한편으로 마음 한켠이 살짝 놓이는 기분이 들더군요.
원래 하던 일을 진짜 좋아하는 걸지도 모르겠어요.
미흔을 넘긴 제가 이제 외서 새로운 사람이 되는 건 참 어려운 일이네요.
하지만 사이트에서 우연히 제 이름과 같은 이름의 반지를 그것도 삭일에 발견하고서……이것도 어떤 인연일지도 모르겠다는 생각이 들었습니다.

즐거운 마음으로 기다리겠습니다. 잘 부탁드리겠습니다.

사쿠가사키 레이카

메일을 제대로 다시 훑어보지 않고 나는 보내기 버튼을 눌렀다. 일면식도 없는 사람에게 이렇게까지 속내를 털어놓을 수 있다니, 나……어떻게 된 걸까?

그런데 어쩌면 모르는 사람이기 때문에 솔직해질 수 있을지도 모르겠다는 생각이 들었다. 얼굴도 나이도 알지 못하고, 말도 처음 나눠보지만, 이 반지를 만드는 사람이라면 신뢰할 수 있겠다고 생각했다.

왠지 모르게 몸이 한껏 가벼워진 느낌이 들었다.

그렇구나, 나는 누군가에게 속내를 털어놓고 싶었구나.

책상 위에 노트북을 그대로 펼쳐놓고 나는 침대에 드러누웠다. 반쯤 열린 문틈 새로 루나가 들어와 당연하다는 듯이 내 옆에 자리를 잡았다.

있잖아 루나, 난 말이야. 어릴 적부터 간호사가 되고 싶었어.

맹장으로 병원에 입원했을 때 웃는 얼굴로 능숙하게 처치하는 간호사들이 너무 멋있는 거야. 이 사람이 있으니까 아무 문제 없을 거라고 안심하게 되더라고. 그래서 나도 그렇게 되고 싶다는 생각을 했어.

사람을 돌보는 게 좋았다. 그 사람이 기뻐하는 모습을 보는 게 나도 기뻤다.

그렇지만 '돌본다'는 건 도대체 뭘까?

꼭 사람이 아니더라도, 이를테면 고양이의…… 루나가 혼자할 수 없는 일을 내가 대신 하는 것을 말하는 걸까? 고양이 사료를 그릇에 넣어주는 일이나 혹은 화장실 모래를 가는 일 같은 것?

루나도 내가 할 수 없는 일을 해주고 있다 루나가 자신의 유연한 몸을 내게 밀착해 주는 것만으로도 나는 이렇게 위로를 받는다. 내가 스스로 나를 끌어안을 수는 없으니까.

그렇지만 그런 일들을 '돌본다' '돕는다'라고 말할 수 있는 걸까? 나는 알 수 없었다.

그때 노트북에서 벨소리가 들렸다. 메일이 왔음을 알리는 착신음이었다.

금세 mina 씨에게서 답장이 왔다.

사쿠가사키 님께

답변을 주셔서 감사합니다.

알려주신 49밀리미터는 9호 사이즈에 해당합니다.

상품도착 후 사이즈 조율이 필요하신 경우에는 부담없이

연락주시길 바랍니다.

9호. 그렇구나. 내 오른쪽 새끼손가락은 9호 사이즈구나.

그 사실을 안 것만으로도 반지 구매라는 새로운 도전을 해 본 의미가 있다고 생각했다.

mina 씨의 메일은 이렇게 이어졌다.

사쿠가사키 님께서 처음 구입하신 액세서리가 〈SAKU〉라고 말씀해 주셔서 영광입니다. 진심으로 감사드립니다. 제대로 설명하기가 어렵지만, 저는 액세서리를 만들 때 이미 누구에게 그 반지가 전달될지 이미 결정되어 있다는 느낌을 받습니다. 얼굴을 본 적도 없는데도 작품을 만들며 그것을 받게 될 누군가를 항상 떠올립니다.

이번에 저를 통해 이 반지가 사쿠가사키 님에게 전해드릴 수 있는 것을 기쁘게 생각합니다.

이번에 사용한 블랙문스톤은 저도 처음 봤을 때 깜짝 놀랐을 정도의 존재감이 있었습니다. 눈에 보이지 않는 삭을 형상화한다면 이런 모습이지 않을까 하는 생각이 머릿속을 떠나지 않았습니다.

나는 메일을 여기까지 읽고 작은 숨을 내쉬었다.

〈SAKU〉가 처음부터 나에게 올 운명이었다는 이야기에 왠지 믿음이 갔다. 그도 그럴 것이 지금까지의 일련의 과정이 너무나도 딱 들어맞았던 것이다.

모든 것을 처음부터 다시 시작하는 것도 멋진 일이지만 리셋이라는 새로운 시작도 있다고 생각합니다. 삭도 완전히 새로운 천체가 되는 것이 아니라 재생의 반복이지요. 이 반지가 사쿠가사키 님의 마음을 평온하게, 그리고 조금이라도 용기를 내는 데 도움이 되기를 진심으로 바라겠습니다.

mina

……리셋. 이 말이 내 마음을 파고들었다.

뭔가 눈이 뜨인 기분이랄까. 힌트를 얻은 기분이 들었다.

일면식도 없는 나에게 마음을 다해 다가와 준 mina 씨는 마치 삭 그 자체였다.

그리고 '도움'이라는 글자에 몇 번이고 눈길이 갔다.

반지가, 사람을 돕는다고?

다음 날 저녁, 히구치 씨가 갑작스럽게 찾아왔다.

선물 보따리를 세 개나 손에 들고.

들어오세요, 라며 나는 히구치 씨를 집안으로 안내했다. 히구치 씨는 내가 내민 슬리퍼에 발을 밀어 넣으며 "루나~~" 하고 큰 목소리로 말했다.

그 목소리를 들은 루나가 거실에서 불쑥 고개를 내밀었다. 히구치 씨는 루나를 끌어안고 얼굴을 비볐다.

나는 마실 차를 내기 위해 부엌으로 들어갔다.

히구치 씨에게 받은 선물은 모두 집 근처에 있는 양과자점과 과일가게에서 산 것들이었다.

"여행은 어떠셨어요?"

보리차가 든 잔을 쟁반에 받쳐 들고 거실로 향하며 묻자 히구치 씨는 루나를 끌어안은 채로 어깨를 살짝 들썩여 보였다.

"……여행, 이 아니었어. 미안해, 실은 친구 집에 가 있었어. 결혼 전에 근처에 살던 직장 동료였는데."

"집이요?"

"응. 갑자기 전화가 왔는데 엄청 기운이 없어 보이더라고. 쉰을 목전에 두고 실연과 실직을 동시에 겪었다는 거야. 그 친구 입장에서 생각해 보면 소중한 걸 전부 잃어버린 마음일 거잖아. 도저히 가만히 있을 수가 없어서 내가 곧 갈 테니까, 눈물이 마를 때까지 함께 있어 줄 테니까 기다리라고 말하고 전화를 끊어버렸어. 원래는 루나도 데리고 갈 계획이었는데 그 친구 아파트가 반려동물은 금지였던 게 나중에 생각이 나서."

굉장한 행동력이다.

이런 친구가 있으면 얼마나 마음이 놓일까. 나는 말했다.

"뭐라도 해주고 싶으셨나 봐요."

히구치 씨는 고개를 내저었다.

"그건 아냐. 내가 뭘 해줄 수 있겠어. 애인과 헤어지는 일도 회사에서 짤리는 일도 내가 막을 수 있는 일은 아니니까. 근데 내가 함께 있다는 것만큼은 알아줬으면 했어."

루나가 살며시 몸을 비틀었다. 히구치 씨는 루나를 바닥에 내려놓고 여유로운 미소를 지으며 말했다.

"고민이 있을 때면 나를 잃어버린 것 같다는 생각이 들곤 하잖아. 내가 있다고 말하는 건 상대방이 있다는 걸 알려주는 것과 같다고 생각하거든. 친구를 위하는 내 존재가 그 친구의 존재를 증명해 주는 게 아닐까 하고."

내가 있다고 말하는 건 상대방이 있다는 걸 알려주는 것.

한 번도 그런 생각을 해보지 못했다.

그럴지도 모른다. 이런저런 궁리를 해서 특별한 뭔가를 하지 않더라도 그냥 함께 있는 것만으로도 사람들은 자기 스스로를 되찾을 수 있을지도 모른다.

보리차가 담긴 물잔을 멍하게 내려보다 나는 말했다.

"……친구분은 이제 안 우세요?"

"응, 지금 일단은. 같이 울다가 남자와 사회에 대한 욕을 한 바가지 하다가 노래방에서 실컷 노래도 부르고, 고급 요리점에서 맛있는 것도 먹고, 온천에 가서 하루 묵기도 했어. 그 정도로 상처가 아물 리 없을 테니 또 울겠지만 말이야."

히구치 씨는 보리차를 꿀꺽 마셨다.

"옛날에는 사는 곳이 걸어서 오분 거리였고 둘 다 독신이어서 자주 만났거든. 근데 떨어져 지내다 보니 지금은 거리가 있구나 싶어. 가끔 만나기 때문에 할 수 있는 말도 있고, 또 서로의 변화를 전보다 빨리 알아챌 수 있게 됐어."

히구치 씨의 말에 나는 팟캐스트 방송을 떠올렸다.

조금씩 멀어지면서 그때그때 서로에게 가장 알맞은 상태로 관계하는 달과 지구.

어쩌면 인간관계도 그런 게 아닐까. 그리고 일도.

지금까지와 같은 환경이 아니더라도 중심만 잃지 않으면 다른 위치에서도 할 수 있는 일이 있을지도 모르겠다는 생각이 들었다.

히구치 씨는 고개를 슬며시 기울였다.

"그건 그렇고 이번 일로 신세를 져서 미안해. 정말 고마워. 레이카 양이 큰 도움이 됐어. 나도 루나도, 그리고 친구도."

"아니에요. 친구분에게는 제가 뭘 딱히 한 것도……."

"아니지. 레이카 양은 만나지 않고도 간접적으로 내 친구를 도운 거야."

뭐, 정 그러시다면.

나도 히구치 씨의 도움을 받았다. 요 며칠 동안 루나와 함께 지낼 수 있었으니까.

……그렇다면 나는 간접적으로 친구분께 도움을 받은 건가?

그런 생각에 잠겼을 때, 히구치 씨가 갑자기 "아!" 하고 소리를 질렀다.

벽에 붙여둔 극단 호루스의 홍보지에 얼굴을 가까이 가져갔다.

"공연 가봤어?"

"아, 부모님만요."

"히로키 군 덕분에 나랑 남편도 극단 호루스의 팬이 됐어. 아주 푹 빠졌지 뭐야."

나는 한 번도 가본 적이 없어서 민망해져 입을 다물었다.

히구치 씨는 신이 난 듯 말했다.

"히로키 군이 정말 대단하다고 생각해. 가미시로 류한테 인정을 받다니 말이야. 친절해 보여도 연극에 관해서는 정말 엄격한 사람이거든. 애써 극단에 들어가 놓고 다들 금방 그만둘 정도라더라고. 거기서 살아남는 사람은 극히 일부인 거지."

……그렇구나.

마음을 쥐어짜는 듯한 고통이 전해졌다.

언제나 즐거워 보이는 히로키. 불평 하나 말하지 않는 히로키.

보이지 않는 곳에서 히로키는 얼마나 노력하고 있는 걸까.

사람을 서포트 하고 싶다고, 돕고 싶다고 생각하면서 나는 가족인 동생을 조금도 배려하지 않았다.

나는 가볍게 고개를 흔들었다.

이제 비굴하게 구는 건 그만하자.

히로키에게도 축하한다고 말해 줘야지. 잘했다고 칭찬해 줘야지.

그리고 자기 옷 정도는 스스로 세탁하도록 하자고, 기분 좋게 말하자.

불만을 느끼면서 입을 꾹 닫고 세탁기를 돌리는 것보다 그쪽이 훨씬 좋을 것 같아.

루나가 히구치 씨 옆에 앉아 꼬리를 살랑살랑 흔들며 나를 보고 있었다. 눈이 마주쳤고, 나는 마음으로 루나에게 마음을 전했다. 고마워, 진심으로.

그리고 히구치 씨에게 시선을 옮겨 말했다.

"필요하실 때 또 말씀해 주세요. 루나와 친해질 수 있어서 즐거웠어요."

"진심이야? 고마워, 그렇게 말해 줘서."

히구치 씨는 활짝 웃어 보였다. 그리고 온화한 표정으로 이렇게 말했다.

"루나를 부탁한다고 연락했을 때 히로키 군이 그러더라고. 누나가 요즘 마음이 힘들어 보이는데 루나가 집에 있으면 기분이 밝아질지도 모르겠다고 말이야. 겉으로 티 나게 말하지 않을지도 모르겠지만 히로키 군도 나름대로 레이카 양을 걱정하고 있나 보더라고."

그리고 이틀 후 집으로 〈SAKU〉가 노착했다.

정성스러운 포장. 카드에 쓰인 mina 씨의 손글씨.

mina 씨는 컴퓨터 속이 아닌 현실세계에 있구나, 하고 너무 당연한 일에 감동했다.

오른손 새끼손가락에 반지를 꼈다. 딱 맞았다. 블랙문스톤도 와이어도 사진으로 본 것보다 더 아름다웠다. 틀림없는 내 반지가 예정보다 더 빨리 내게로 와 주었다.

들뜨는 마음을 감출 수 없었다. 나는 이제 괜찮을 거라는 근거 없는 자신감이 생겼다. 아무 말도 하지 않는, 움직이지도 않는 반지의 도움을, 나는 확실하게 느낄 수 있었다.

나는 반지를 바라보며 스스로에게 물었다.

내가 하고 싶은 것은……내가 하고 싶은 일은?

내가 만난 적도 없는 사람을 도운 거라고 말하는 히구치 씨의 미소가 떠올랐다.

나도 mina 씨처럼 누군가의 삭이 될 수 있을까?

캄캄한 밤하늘 저편에서 달은 몇억 번을 리셋했겠지.

나는 노트북에서 취업정보 사이트를 열어 검색을 시작했다.

여러 직종이 나열된 버튼 중에서 커서가 멈춰선 곳은 '의료계'라는 글자 위였다. 현장으로 다시 돌아가는 것은 아무래도 아직 마음이 내키지 않았다. 그렇지만 병원에서 근무하는 간호사가 아니더라도 찾다 보면 지금까지의 경험을 살릴 수 있는 일이 있을 거라고 생각이 들었다.

찾아보는 거야. 해보는 거야. 나는 그렇게 마음을 굳혔다. 지금은 지금의 거리에서 지금의 내가 할 수 있는 일을 해보기로.

누군가의 초하루

2

레
골
리
스

신발 때문에 난 상처 하나로 사람은 부지불식간에 절망에 빠질 수 있다.

하지만 누구도 알아차리지는 못한다.

왜냐면 보이지 않으니까. 신발 속에서 생긴 붉은 상처쯤이야.

마르지도 않은 상처를 신발에 비벼대며 계속 걸어야 하는 고통쯤이야.

싸게 산 새 운동화는 딱딱하고 오래 신은 양말은 얇아서, 쓰라린 고통을 참아내는 발꿈치 자체가 나란 존재가 된 지금.

더는 못 참아, 더는 못 걷지. 그렇게 생각하면서도 발은 왜 계속 움직이는 건지.

)　)　●

"감사합니다."

수취인이 사인을 마친 전표를 들고 나는 뒤돌아서 뛰기 시작했다. 내가 근무하는 회사 미쓰바 택배에는 배달 중에 뛰어야 한다는 규정은 없다.

하지만 적어도 고객 눈에 띄는 곳에서 여유로운 느낌을 줘서는 안 된다.

"빠릿하게 일하는"모습을 어필해야 한다는 이야기를 연수 중에 몇 번이나 들었다. 어떤 인상을 주느냐가 중요했다.

9월로 막 접어들었지만 아직은 더운 날이 계속되고 있었다. 모자 속 이마에서 땀이 흥건했다.

도로 옆에 세워 둔 배달용 경차에 올라탄 후 신발을 벗었다. 오른쪽 양말을 껍질 까듯 살며시 벗겨내자 살갗이 벗겨진 아킬레스건이 새빨간 피를 머금은 채 고통을 호소해 왔다. 직접 눈으로 상처를 보니 아픔이 배가 됐다. 상처가 심했다.

왼쪽 양말도 벗어보았다. 이쪽은 아직 상처가 가벼웠으나 물집이 잡혀있었다. 빨리 치료하지 않으면 오른쪽 발과 같은 운명에 처해질 게 뻔했다.

손목시계를 보고 서둘러 시간을 확인했다. 오전 중으로 배달해야 하는 물건이 이제 3개 남았다. 11시 40분. 빨리 움직여야겠다……저쪽편을 먼저 돈 다음에 곧장 우회전해서…… 머릿속에 펼쳐진 지도를 따라가다 나는 신발 속에 발을 구겨넣었다. 일단 신발 뒷축을 구겨 신은 채로 사이드 브레이크를 풀었다.

천천히 움직이기 시작한 차 안에서 나는 오른쪽 발과 왼쪽 발의 상처가 왜 다른지에 대해 무심히 생각했다. 걷는 자세가 다른가? 발 크기나 모양이 미묘하게 다른가? 내 맘대로 양발을 한 세트처럼 생각해 왔지만, 어쩌면 오른쪽과 왼쪽 발은 각각에 의지라는 게 존재하는 걸지도 모르겠다.

발도 뭐, 그럼 '콤비' 같은 걸지도? 나는 그런 생각을 하며 핸들을 꺾었다.

내가 아오모리에서 도쿄로 온 건 8년 전, 스물두 살 때다.

개그맨이 되고 싶었다.

초등학생 때부터 줄곧 꿈꿔왔던 일이었다. 반에서 내가 뭔가를 말하면 반 친구들 모두가 와하하하 하고 웃음을 터트렸다. 그게 그렇게 기쁠 수가 없었다. 말을 재밌게 잘하니까 개그맨이 되면 좋겠다는 말을 친구나 선생님에게 자주 들었고, 어느새 나도 그런 마음을 먹게 되었다.

꿈이라고는 해도, 당시로서는 한번 해볼까? 되면 좋겠네,

하고 동경하는 정도일 뿐이었다. 마치 "달에 갈 수 있으면 좋겠네" 하는 정도의.

대학교 4학년 여름, 구직활동을 시작하자마자 고향에 있는 한 신용금고에 합격해 입사 내정을 받았다. 가족들도 모두 기뻐했다. 이제 졸업에 필요한 학점을 잘 채워서 안정된 회사에 들어가 사치만 부리지 않는다면 그럭저럭 즐겁게 살아갈 수 있을 거라 생각했다. 태어나고 자란 고향은 때로는 심심했지만 불편함을 느낀 적도 없는데다 마음을 터놓고 지낼 수 있는 친구들도 많았다.

그런데 가을에 열린 대학축제 때 나는 어린 시절 품었던 꿈을 떠올리고 말았다. 아니, 새롭게 그 마음을 깨닫고 말았다고 말하는 게 정확할지도 모르겠다.

실행위원의 제안으로 별생각 없이 출연한 개그 라이브. 데쓰라는 고등학교 시절의 친구와 함께 〈고에몬즈〉라는 콤비를 결성했다. 고에몬은 데쓰가 키우는 강아지 이름이었다.

대본은 내가 썼다. 내가 보케ボケ(콤비 중에서 실 없는 이야기를 하거나 말실수를 하는 역할 - 옮긴이)에 데쓰가 츳코미ツッコミ(콤비 중에서 상대방의 실수나 허점을 지적하고 바로잡는 역할 - 옮긴이)였다. 우리는 예상을 뛰어넘는 성공을 거뒀고, 〈고에몬즈〉는 그날 출연한 다른 어느 팀보다 주목받았다.

관객들의 우렁찬 웃음소리, 즐거운 듯한 얼굴들, 우리에게 던지는 칭찬의 눈빛, 박수, 박수, 박수. 공연장과의 일체감으로 인해 까무러칠 것 같은 희열을 느낀 건 난생처음이었다. 내 말을, 퍼포먼스를, 이렇게나 좋아해 주다니.

나에게도 재능이 있는 게 아닐까. 어리석게도 나는 그런 생각을 하고 말았다.

고향에서 편하게 지내는 것도 나쁘지 않겠지만, 진짜 그런 인생을 살아도 좋은가, 라는 의문이 가슴에 콱 박혀 사라지지 않았다.

가능성에 도전해 보고 싶다는 이 열렬한 욕망을 무시해도 되는 것인가.

그때 나는 처음으로 검색을 해보았다. 대체 어떻게 하면 개그맨이 될 수 있는지를.

스마트폰으로 인터넷 검색 사이트를 보다가 개그맨 양성소에 관한 정보를 발견했다. 양성소는 도쿄와 오사카에 몰려 있었다. 내용도 수업일수도 비용도 제각각이었다. 입학금과 수업료의 합계가 연간 50만 엔인 곳을 발견하고 나는 해당 사이트를 꼼꼼히 읽어나갔다. 저축해 둔 돈에 앞으로 아르바이트를 해서 번 돈을 더하면 어떻게 해볼 수 있을 만한 금액이라고 생각했다. 그 양성소를 운영 중인 소속사에는 텔레비전에서 자주 보는 개그맨이 여러 명 있다는 사실도 확인했다.

홈페이지를 보는 동안 그곳에서 개그 공부를 하고 있는 내 모습이 반짝반짝 눈에 아른거렸다. 내 꿈을 이뤄줄 곳이 여기에 있다. 나도 할 수 있다. 그런 생각까지 하고 나니 더는 멈출 수 없었다.

자료를 신청해 원서를 쓰고 소속사에서 면접 오디션을 보고……합격 통지를 받기까지의 모든 일이 엄청나게 빠른 속도로 진행됐다. 솔직히 대학에 들어가는 것보다도 신용금고에서 입사 내정을 받은 것보다도 훨씬 원활했다.

공립중학교 교사로 발령될 예정인 데쓰에게 그 사실을 알리자, 처음에는 "뭐라고? 진짜야?"라며 놀라워하면서도 매우 기쁜 얼굴로 응원해 주었다.

"유명해지더라도 계속 친구로 지내기야! 연예인 사인도 받아주고! 아, 퐁한테 지금 사인을 받아뒀다가 학생들한테 자랑하면 되겠다."

퐁은 혼나라는 성에서 나온 내 별명이다.

며칠 후 데쓰는 진짜 사인지를 사왔고, 나는 거기에 굵은 매직펜으로 큼지막히 사인을 했다. 아직 예명을 짓기 전이어서 퐁이라고만 써두니 뭔가 허전한 느낌이어서 '시게타로'라고 이름을 덧붙였다. 퐁 시게타로.

"······제법 괜찮은데?"

데쓰가 말했다.

"······그러네."

나도 인정했다.

"유명해지더라도 계속 친구로 지내기야."

데쓰는 사인지를 보며 지난번과 똑같은 말을 반복했다.

며칠 전에는 밝게 들뜬 모습이었지만, 이번에는 어딘지 슬
퍼 보이는 미소를 띠었다.

데쓰와는 그날 이후 몇 년째 만나지 못했다. 몇 번인가 주
고받았던 연하장도 이제는 끊기고 말았다. 둘 다 이제 곧 서
른이 된다.

데쓰는 위풍당당하게 도쿄로 상경한 이후로 좀처럼 유명세
를 얻지 못한 나와 아직 친구로 지내려고 할까? 학생들에게
나를 자랑하지 못한다 해도?

오전 중에 어떻게든 세 건의 배달을 마치고 휴식시간을 맞
이했다. 평소에는 슈퍼에서 값싼 도시락이나 삼각김밥을 사
서 센터로 돌아가 휴게소를 이용하거나 주차장에 세워 둔 차
량 내부에서 지내곤 했다.

그런데 일단 지금은 밥보다 반창고가 필요했다.

이 근방에 분명 큰 드러그스토어(일반 의약품 및 식품, 생활용품 등을 판매하는 소매점 – 옮긴이)가 있었는데. 나는 기억이 이끄는 곳으로 차를 내달렸다.

처음 들어간 드러그스토어 주차장에 차를 주차하고 나오자 바로 옆으로 '써니오토'라는 이름의 가게 밖에 진열돼 있는 오토바이가 눈에 들어왔다. 오토바이에는 각각 가격표가 붙어 있었다. 나는 멀리서 그 모습을 확인하며 드러그스토어의 자동문을 향해 발길을 옮겼다.

드러그스토어에서도 빵과 음료수를 할인해 팔고 있었다. 반창고와 소시지빵, 페트병에 든 카페오레를 사서 나는 화장실 앞에 설치된 작은 벤치에 앉아 상처에 반창고를 붙였다.

후우, 이제 한숨 돌렸으니 오후 배달도 잘 해낼 수 있을 거야.

……그러고 보니 옆에 오토바이 가게가 있었는데.

나는 벤치에 앉은 채로 주머니에서 스마트폰을 꺼내 트위터 앱을 열었다.

계정명은 〈퐁 시게타로〉에 팔로워 수는 고작 26명이다. 그중 대부분이 내가 팔로우한 계정이 팔로우를 해준 경우이고 그 밖에는 금융이 어쩌고 에로가 어쩌고 하는 정체불명의 계정이었지만, 그럼에도 팔로워 수를 늘려줬다는 점에서 보면 감사할 따름이다. 개그계 사람들을 내가 먼저 팔로우하고 싶은 마음도 있지만, 팔로우 수가 팔로워 수를 넘어서는 건 면이 서지 않아서 내 팔로우 수는 계속 24명에서 멈춰 있다.

프로필에도 아직은 개그맨이라고 써 두었다.

나는 개그맨을 그만둔 게 아니야. 다른 누구보다도 내 스스로에게 그렇게 말하기 위해서.

"전 퐁사쿠의 퐁. 지금은 개인 활동 중."

퐁사쿠는 예전에 내가 결성했던 콤비명으로, 알아봐주는 사람이 조금이라도 있으면 좋겠다는 절실한 마음이었다.

양성소에서 만난 동료 사쿠에게 콤비로 활동하자는 제안을 받고 양성소 졸업 후에 2년 가까이 함께 활동했다. 이번에는 사쿠가 보케 담당에 내가 츳코미 담당이었다. 텔레비전 방송에 나가거나 잡지에 실리는 일은 없었지만, 소속사에서 주최하는 라이브 무대에 서거나 작은 이벤트나 지방 공연에 출연하곤 했다. 신인치고 나쁜 스타트는 아니었다.

그러던 어느 날, 사쿠가 갑자기 개그맨을 그만두겠다고 선언해 왔다. 손쓸 새 없이 해산이 결정됐고, 매니저는 "이제 너는 어떻게 할 계획이야"라고 물어왔다.

"저는 혼자서라도 계속하고 싶습니다"라고 막힘 없이 대답하자 매니저는 미간을 좁히며 다른 곳으로 시선을 돌려 이렇게 말했다.

"아, 그렇구나."

아, 그렇구나. 그 말투가 모든 것을 말해주고 있었다. 이제까지 소속사가 퐁사쿠를 나름 아껴줬던 건 사쿠에게 실력과 인기가 있었기 때문이었다. 소속사는 나 혼자 남아봤자 이용 가치가 없다고 생각하는 듯했다.

양성소에 들어온 후에 확실히 알게 된 것은 그 양성소를 졸업한 후에 소속사와 계약할 수 있는 건 전체의 4분의 1 정도라는 사실이었다. 평소에 좋은 아이디어를 선보였거나 졸업 라이브 공연에서 좋은 결과를 남겼거나 해서 인정받지 못하면 가차 없이 잘리고 말았다. 그러면 그저 양성소에 다녔다는 이력이 남을 뿐이었다.

사쿠에게서는 빛이 났다. 그 빛 덕분에 같이 있기만 해도 무대가 밝아졌다. 목소리가 크고 발음이 좋아서 작은 움직임으로도 사람들의 시선을 사로잡는 무언가가 있었다. 양성소에 있을 때는 반씩 나눠 쓰던 대본도 사쿠가 온전히 맡기로 한 이후로 나는 일개 겉절이일 뿐이라는 자각이 오랫동안 자리했다.

사쿠가 소속사에 남지 않는다는 것은 그와 동시에 내 자리가 없어진다는 것을 의미했다.

그때까지 가끔이나마 들어오던 일도 아예 끊겨버렸고, 방송 오디션에서도 떨어지기 일쑤였다. 견딜 수 없을 만큼 괴로워서 나는 소속사를 나오고 말았다.

어디에도 소속하지 않고 프리랜서로 개인활동을 이어가는 개그맨은 많았다. 나도 혼자서 한번 해보기로 마음먹었다. 콤비가 아닌 퐁 시게타로로.

"새 운동화에 발꿈치 까져. 이 신발 꺼져. 라임 맞춰, 발 맞춰."

반창고를 붙인 발을 신발 옆에 나란히 놓고 사진을 찍어 트위터에 올렸다. 반응이 있을까, 재밌으려나. 타임라인에 보이는 다른 글을 읽다 보니 아까 올린 글에 하나의 '좋아요'가 달렸다. 오-예스! 내 마음은 들떴다.

파란 스쿠터 아이콘이다. 계정명은 '밤바람.'

성별도 나이도 알지 못한다. 그저 언제나 내 게시물에 '좋아요'를 눌러주는 소중한 팔로워다.

밤바람의 팔로우를 처음 알았을 때 그의 트위터 게시물을 들여다보니 '퐁 시게타로…… 옛날 생각나네'라는 글이 보여 비명을 지를 뻔할 만큼 기뻤다.

퐁사쿠를 기억하고 있는 사람이 있다니. 게다가 사쿠가 아닌 나를 알아봐 주다니. 그런 사람과 이렇게 연결될 수 있다니. SNS는 정말 굉장한 거구나.

그러다 문득 생각했다.

……근데 무슨 옛날 생각?

혹시 데쓰인가?

나는 서둘러 밤바람의 게시물을 거슬러 올라가 보았다. 게시물이 많지도 않을뿐더러 리트윗한 글도 찾아볼 수 없었다. '저혈압 때문에 괴롭네'라거나 '컬러링하고 싶은데'라거나 하는 글을 볼수록 안타깝게도 데쓰같다는 생각은 들지 않았다. '시부야는 언제나 사람이 많군' 하는 글을 보고 데쓰일 리가 없다는 확신을 했다.

하지만 그렇다면 퐁 시게타로를 보고 옛날 생각을 떠올릴 사람은 눈물이 날 만큼 고마운 존재일 테다. 나는 마음을 고쳐먹고 맞팔을 할까 고민했다. 그러면 밤바람도 이대로 팔로우를 끊지 않고 있어 줄 테니까.

밤바람의 게시물을 들여다보던 중에 화면을 스크롤하던 손이 순간 멈췄다.

"다 싫어. 진짜 싫어."

나는 생각했다. 여기는 밤바람이 마음을 보관하는 곳이구나.

밤바람의 팔로워는 없었다. 따라서 누구도 볼 일이 없을 거라는 생각에 솔직한 심정을 꺼내놓는 공간일 수도 있겠다는 생각이 들었다. 그런데 내가 팔로우를 해버리면 하고 싶은 말을 할 수 없게 될지도 모른다.

나는 밤바람을 팔로우하지 않기로 했다. 그렇지만 밤바람이 눌러주는 '좋아요'가⋯⋯파란 스쿠터 아이콘이 나타날 때마다 숨통이 트이는 것 같은 기분이 들었다.

퐁 시게타로인 채로 있어도 된다는 인정받은 기분.

>) ●

드러그스토어에서 산 물건이 든 봉지를 손에 들고 차에 올라타기 전에 오토바이 가게를 들렀다. 양쪽 발꿈치는 반창고가 안정감 있게 보호해 주고 있다.

가게 앞에 진열된 오토바이 중에 스쿠터를 찾아 하나씩 둘러보았다. 이륜차 쪽은 잘 알지 못한다. 밤바람의 스쿠터는 특이하게 프론트가 편편한 모양이어서 어떤 종류의 스쿠터인지 알아보고 싶었다.

가장 바깥쪽에 세워져 있는 스쿠터가 비슷해 보였다. 색은 베이지. 가까이 다가가니 남자 직원이 가게 안에서 나와 "어서오세요" 하고 밝게 인사를 했다.

살 계획이 있었던 건 아니어서 나는 괜시리 뜨끔했다. 어색한 웃음을 보이자 직원이 "우와!" 하고 큰 소리를 냈다.

그 소리에 깜짝 놀라서 나도 모르게 "뭐야!" 하고 소리를 내

지르고 말았다.

주름 가득한 미소를 지으며 내 어깨를 내려친 건 잊을래야 잊을 수 없는 '퐁사쿠'의 사쿠, 사쿠가사키 히로키였다.

너무 놀라 아무 말도 하지 못하고 있는 나의 옷차림을 보고서 사쿠가 말했다.

"요즘 배달 일 하는 거야?"

"아, 응. 사쿠는 여기서 일해?"

"응, 알바기 하지만."

극단 일은?

이라고 묻고 싶었지만 입이 옴짝달싹하지 않았다.

사쿠는 호루스라는 극단과 단장인 가미시로 류의 매력에 흠뻑 빠져 배우의 길을 갈 거라며 개그맨을 그만두었다.

나는 계속 함께하자고 말할 수 없었다. 사쿠를 붙잡을 만큼의 재능, 설득력 중 어느 하나도 나는 갖고 있지 않았다. 나와 함께 계속 개그맨의 꿈을 좇기보다 배우의 길이 사쿠에게 더 잘 어울렸고 분명 성공할 거라 생각했다. 그리고 그것은 사쿠 본인뿐 아니라 온 세계가 바라는 일일 거라고 생각했다.

그래서 나는 "그래"라며 모든 것에 통달한 듯한 태연한 태도로 사쿠의 결단을 받아들였다.

사쿠가 호루스에 입단한 후의 일을 나는 알고 싶지 않았다.

그래서 일부러 정보를 찾아보지도 않았다. 배우 일을 하는 사쿠가 잘 되지 않았으면 좋겠다는 질투와 배신감을 떨쳐낼 수 없었다. 그리고 무엇보다도 그런 나와 마주하는 것이 힘들었다.

사쿠가 극단 일을 계속하고 있는지 그만뒀는지 알 수는 없지만 어느 쪽이든 기뻐할 수 없을 것 같은 마음에 나는 고개를 숙였다.

"쫑은 정사원이야?"

사쿠는 밝은 목소리로 물었다. 그 목소리에서 그 어떤 꼬인 마음도 느껴지지 않아서 가슴 한편이 찌릿하게 아파왔다. 개그맨은 아예 그만뒀구나, 하고 아무렇지도 않게 묻고 있는 듯했다. 그게 누구 탓인지는 뻔히 알 거면서.

"아니, 계약직이야. 연예계 쪽 일도 하면서 정사원으로 일하긴 어렵잖아. 뭐, 인기는 없지만서도 말이야."

있는 대로 허세를 부리면서 되는 대로 가시 돋힌 말을 내뱉었다. 그래봤자 이 복잡한 심정이 사쿠에게 전해질 리는 없겠지만.

미쓰바 택배에 들어왔을 때는 분류 작업을 담당하는 아르바이트였다. 소속사를 그만둔 직후였다. 개그맨 일을 하면서 몇 가지 아르바이트를 병행할 계획이었다.

소속사 없이도 누구나 출연할 수 있는 〈엔트리 라이브〉라는 무대가 있다. 오디션도 없고 인맥 따위도 필요 없이 돈만 내면 출연할 수 있는 곳. 한 번 출연하는 데 드는 비용은 2, 3천엔 사이였다. 그러면 딱 5분의 시간이 주어졌다. 주최 측이 어딘가에 특별히 홍보를 해주지도 않고 손님들이 나를 알아보고 찾아주는 시스템도 아니었다.

그런 곳이라도 무대에 계속 서면서 나를 노출시킬 수 있는 기회를 계속 늘려간다면, 어딘가에서 누군가가 연락을 주리라, 그렇게 생각하며 수차례 무대에 올랐다.

콤비가 아닌 퐁 시게타로는 스탠딩 코미디 스타일로 개그를 짰다. 세상에 이럴 수가 있구나 할 법한 일들을 "이상하네, 이상하군"이라고 말하며 읊어가는 식이었다. 객석의 반응은 그저 그랬지만, 다른 개그맨들의 무대에서도 웃음이 터지진 않았으니 그냥 그런가 보다 했다.

그런 식으로 한동안 계속 무대에 섰지만, 소속사에서 나온 후의 내 활동은 밥벌이를 하는 일이라고 할 만한 활동이 없었고, 오히려 돈이 드는 일뿐이었다. 게다가 어디 하나 오라고 불러주는 곳도 없어서 시간이 남아돌았다.

그래서 분류 아르바이트가 아닌 드라이버 계약사원에 응모했다. 월세가 싼 원룸을 빌려 절약하면 어떻게든 생활은 될

테고, 개그를 짜거나 〈엔트리 라이브〉에 출연할 시간도 벌 수 있을 것 같았다. 지금까지 몇 번이나 정사원 전환을 위한 시험에 응모할 찬스는 있었다. 나는 그때마다 고민했지만, 결국 판단을 미뤘다. 나는 '일부러' 근무시간이 긴 정사원이 되지 않은 것이다. 개그 쪽 일을 포기하지 않기 위해서.

그렇지만 그건 씁쓸한 변명에 불과했다. 사실 나는 최근 2년간 〈엔트리 라이브〉에 응모조차하지 않았을 뿐 아니라 개그를 짜지도 않았다. 그러면서 저 혼자 개그맨인 척만 하고 있는 것이다. 뭐가 개그 일과 병행이라는 건지. 변명만 일삼는 내 자신이 부끄러웠다.

"오토바이 보러 온 거야?"

사쿠의 말에 당황한 나는 "그게 아니고"라며 손사래를 쳤다.

"그냥 좀 보려고. 이건 이름이 뭐야?"

제일 가장자리에 놓여진 베이지색 스쿠터를 가르켰다. 그러자 사쿠는 이야깃거리가 생긴 것에 안심한 듯 웃어 보였다.

"그건 베스파라는 거야. 이거 멋지지? 나도 좋아하는 스쿠터야. 이탈리아제인데 〈로마의 휴일〉에서 그레고리 펙이랑 오드리 헵번이 탔던 그 스쿠터거든. 물론 영화에 나온 건 더 오래된 모델이지만."

"그렇구나."

나는 사쿠의 얼굴을 들여다보았다.

강렬한 눈빛과 부드러운 인상은 예전 그대로였고, 목소리는 또랑또랑했다.

잠시 침묵으로 어색함이 감돌자 사쿠가 마음먹은 듯 말했다.

"저기 말야, 전화번호는 그대로야?"

"어."

"나도. 나도 그대로야."

사쿠는 왠지 쑥스러운 듯 말했다.

그래서 뭘 어쩌자는 건지. 무슨 말을 해야 할지 몰라 "으응" 하고 건조한 대답을 하며 나는 사쿠에게서 등을 돌렸다.

"그럼 갈게."

"……그래."

나는 오토바이 가게에서 나왔다. 45분간의 휴식시간은 이제 20분밖에 남지 않았다.

드러그스토어에서 차로 5분 정도 떨어진 곳에 평소 자주 들리는 공원이 있다. 히가시 녹지공원이라고 불리는 이 공원은 꽤나 넓은 편이었다.

주차장에 차를 세우고 나는 좌석시트를 슬며시 눕혔다. 차 밖으로 나가볼까도 생각했지만 곧 비가 내릴 것 같았다. 게다가 오후 업무에 대비해 최대한 다리 힘을 아껴두고 싶었다.

포장지를 뜯어 소시지빵을 입에 물고는 스마트폰을 꺼냈다.

'극단 호루스'라고 검색하자 화면 제일 위에 공식 홈페이지가 나타났다.

그동안 모른 척해 온, 사쿠가 떠나버린 저 먼 곳. 나는 마음을 비우고 극단원 소개 페이지를 열었다.

단장 겸 연출 가미시로 류. 그 아래로 10명가량의 소속 배우의 소개가 보였고 화면을 더 아래로 내리자 다음 공연 공지와 '주연'이라는 글자가 눈에 들어왔다. 마음이 한껏 무거워졌다.

소시지빵으로 가득한 입안이 갑자기 수분을 잃은 듯해서 페트병에 든 카페오레를 벌컥벌컥 들이켰다. 커피가 기도로 잘못 들어간 탓에 기침이 터져 나왔다.

한참을 쿨럭거리다 보니 눈물이 흘렀다. 젠장, 난 매번 뭐가 이래. 어떻게 이렇게 재수가 없을까?

사쿠는 배우 일을 계속하고 있는 정도가 아니라 주연이라니.

아직 아르바이트와 극단 생활을 병행하고 있는 듯했지만, 이제 곧 텔레비전이나 영화에도 나갈 테고 그러면 나와 함께했던 시간은 흑역사가 되겠지.

그래도 사쿠가 성공했을 때 '추억의 영상'처럼 양성소 시

절의 퐁사쿠 라이브를 틀어주려나. 그 영상에 내가 조금이라
도 비치려나. 사쿠 덕에 영상이 나가서 나도 조금은 유명해지
려나.

기침은 잦아들었지만 눈물은 멈추지 않았다.

개그맨이 되고 싶어 도쿄로 상경했다. 그렇지만 사쿠 없이
혼자서는……나에게는 재능도 운도 없음을 깨달았다. 현실을
알고 있지만 그럼에도 꿈을 놓지 못하고 있는 내가 있었다.

도쿄에서 나고 자란 사쿠와는 상황이 달랐다. 고민 끝에 심
기일전해서 고향을 떠나왔고, 이제와서 돌아갈 수도 없었다.
상황이 이렇게 되자 도대체 꿈을 이루고 싶은 건지 알량한 자
존심 때문에 돌아가지 못하고 있는 건지 나조차도 알 수가 없
었다.

가미시로 류.

나는 당신을 원망해. 나에게서 사쿠를 빼앗아 간 그는 어떤
사람일까.

나는 극단 호루스의 공식 사이트를 닫고 '가미시로 류'를
검색했다. 맨 먼저 검색된 위키피디아를 열어보자 그의 경력
이 줄줄이 나왔다. 그가 극본을 쓴 무대 일뿐 아니라 요즘에
는 더빙과 오디오북과 같은 성우 일도 하고 있는 듯했다. 아
유가와 모키치가 "캐릭터에 맞는 연기를 이렇게 훌륭하게 해

내는 배우를 보지 못했다. 그의 안에는 아기부터 노인까지 몇 명이 살고 있는 걸까"라고 절찬했다, 라고 인터뷰 기사에서 인용된 글도 보였다. 아유가와 모키치는 나도 알고 있는 유명한 극작가다.

재능이 많은 사람이구나. 훌륭한 배우란 이런 거구나. 나 이외의 누군가가 될 수 있다는 것. 사쿠는 성대모사 중에도 놀라우리만큼 목소리를 바꾸곤 했었지.

위키피디아에 따르면 가미시로 류는 현재 52세로, 극단 호루스를 설립한 것은 28세 때였다. 12년 전에 이혼한 후 아들과 둘이서 지내고 있다고 한다. 아들이 몇 살인지는 쓰여 있지 않았지만 싱글파파라는 점은 의외였다.

그 이상의 정보를 알아보는 것은 귀찮아서 스마트폰을 껐다. 휴식시간도 이제 5분 가량밖에 남지 않았다.

기분 전환을 해보려고 남은 소시지빵을 입안에 욱여넣고 스마트폰 화면에서 팟캐스트 앱을 찾아 터치했다.

평소 즐겨 듣는 〈달도 끝도 없는 이야기〉라는 이름의 방송을 선택했다. 시크한 감청색 배경에 흰색의 손글씨가 새겨진 재킷이다.

"대나무숲에서 보내드립니다. 다케토리 오키나입니다. 가구야 공주는 잘 지내고 있으려나."

얼마 전에 팟캐스트를 시작해 볼까 하는 마음에 어떤 방송이 있는지를 살펴보다가 발견한 방송이었다.

처음에는 '달도 끝도 없는 이야기'라는 말이 무슨 뜻인지 궁금했다.

나중에 알고 보니 달에 관한 짧은 지식과 에피소드가 마르고 닳지 않는다는 의미를 담은 제목으로, 달에 관한 이야기를 재밌고 흥미롭게 전달했다. 10분이라는 시간도 절묘해서 휴식 중이나 이동 중에 자주 방송을 켜곤 했다.

"오늘은 보름달이 떴습니다. 동요에도 '쟁반같이 둥근 달'이라는 가사가 나오죠. 그게 얼마나 과학적인 표현인지 혹시 오늘 밤에 달을 볼 수 있다면 꼭 확인해 보시길 바랍니다. 공이나 풍선같은 게 주변에 있으면 알기 쉬울 텐데 말이죠, 둥그런 것이 정면에서 빛을 받으면……."

목소리가 참 좋네. 다정하고 차분하고, 어딘가 쓸쓸해 보이는데 또 따뜻하기도 하고 정감도 가고.

얼굴도 나이도 직장도 알 수 없고, 아마 남성일 것이라고 추측되는 정도의 정보밖에 없는 다케토리 오키나의 이야기에 귀를 기울이며 나는 안전벨트를 맸다.

〈달도 끝도 없는 이야기〉는 매일 아침에 업로드된다. 매일매일, 그것도 같은 시간에. 무료 방송이라 돈을 받는 것도 아닐 텐데. 진짜 대단하다는 생각이 들었다. 랜덤으로 몇 개의 방송을 들어보다 내가 할 수 있는 일은 아닐 것 같아서 금방 개설을 포기하고 만 내 자신이 한심스러웠다.

다케토리 오키나는 이야기를 계속 이어갔고, 나는 천천히 액셀을 밟았다.

발꿈치가 또다시 쓰라렸다. 반창고를 꼼꼼이 잘 붙였다고 생각했는데.

🌒 🌓 ●

그날 밤, 나는 원룸의 창문을 열고 하늘을 올려다봤다.

차 안에서 들었던 다케토리 오키나의 이야기를 떠올렸기 때문이다. 둥실둥실 떠 있는 구름에 가렸다 보였다를 반복하면서도 건물 사이로 보름달이 비쳤다.

"……둥그런 것이 정면에서 빛을 받으면 중심부는 밝게 빛나지만 주변부는 어둡게 보이죠. 그래서 입체감이 더 잘 살고, 참 동그라네, 하고 생각하는 겁니다. 달도 구체라서 원래라면 주변으로 갈수록 옅어지는 게 맞아요. 그런데 달은 중심부도 주변부도 비슷한 정도의 밝기로 빛나서 마치 평면체처럼 보이죠. 보름달이 그래서 공이 아니라 쟁반처럼 보이는 겁니다."

오늘 방송에서 얻은 정보였다.

둥그런 달을 보니 나도 모르게 "이야" 하고 감탄이 터져 나왔다.

듣고 보니 진짜 그랬다. 달은 전체가 똑같은 정도로 빛나고 있었다. 지금까지 한번도 생각해 본 적 없는 일이었다.

"왜 달이 쟁반처럼 보이냐 하면 레골리스라는 달의 모래 때문입니다."

다케토리 오키나를 통해 처음으로 '레골리스'라는 이름을 알았다.

달은 이 레골리스라는 작디 작은 모래로 달 전체가 뒤덮여 있다고 한다. 그것이 태양의 빛을 사방팔방으로 산란시키는 데다 입자끼리도 서로 빛을 반사하는 탓에 빛이 더욱 밝아진다. 이와 같은 빛의 산란을 통해 멀리 떨어진 지구에서도 달 전체가 밝게 보이는 것이라고 한다.

레골리스가 없다면 달은 저렇게 밝고 아름답게 밤하늘을 수놓지 못했을 테다.

달의 얼굴에 뿌려진 파우더. 그건 마치 화장 같은 걸까.

그런 생각을 하다가 극단 호루스에 올라와 있던 사쿠의 프로필 사진이 떠올랐다. 그냥 있어도 빛이 나는 얼굴인데 거기에 무대 메이크업까지 하면 얼마나 더 빛이 날까.

전화번호가 바뀌었는지 물었었지, 사쿠. 그건 도대체 무슨 의미였던 걸까.

그때 스마트폰에서 벨소리가 울렸다.

순간 사쿠일지도 모른다는 생각에 가슴이 두근거렸다. 화면을 보니 동생 에리카의 이름이 보였다.

여보세요, 하고 전화를 받았다. 평소와 다를 것 없는 담담한 말투로 에리카가 말했다.

"지금 전화 가능해? 집이야?"

"응."

"다음 주말에 아버지 환갑연이잖아. 올 거야? 계속 답장이 없어서."

"······그게······."

아버지의 환갑연을 연다는 연락을 받고도 나는 답장을 미뤘다. 거창한 이벤트가 아니라 그저 가족과 친척들이 함께 식사를 하는 자리일 뿐이다. 그런데 꺼려졌다. 소속사에서 나온 후로 한 번도 아오모리를 찾지 않았다.

이렇게 가끔 에리카에게서 라인 메시지가 오거나 전화가 걸려왔고, 내 소식은 부모님 귀에도 들어갔을 게 뻔했다.

한 살 아래 동생인 에리카는 단기대학(직업 혹은 실생활에 필요한 전문성을 익히는 것을 목적으로 하는 3년제 이하의 대학 – 옮긴이)을 졸업한 후 고향에 있는 복지시설에 취업했고, 그 이듬해 바로 결혼해 지금은 고향집 근처에서 살고 있다. 솔직히 말하면 에리카가 고향에 남아준 덕분에 나는 고향을 쉽게 떠나올 수 있었다.

사쿠도 비슷한 환경이었는지 "누나한테는 고마운 마음뿐이야. 진심으로 존경해"라고 말했었다.

내가 아무런 답변을 하지 못하자 에리카는 대화의 화제를 바꿨다.

"뭐 하고 있었어?"

"달, 보고 있었어."

"엥? 무슨 달?"

"오늘 보름달이잖아."

"갑자기 왜 그래? 원래 그렇게 로맨티스트였던가?"

"재밌잖아, 달이."

"응?"

뭐라는 거야, 라고 중얼거리던 에리카가 웃음을 터뜨렸다.

달은 재밌다.

콤비였던 그때 사쿠에게 들었던 말이었다.

아무도 없는 한밤 중의 공원에서 둘이 함께 아이디어를 짜면서 오늘처럼 둥근 달을 올려다보며 사쿠는 말했다.

"텔레비전도 영화도 없었던 옛날옛날에는 말이야, 그 시절의 사람들한테는 달이 엄청 재미났을 거란 생각이 들어. 전기가 없어도 빛나는 데다 매일 모습이 변한다 말이지. 그럼 보겠어, 안 보겠어? 굉장한 인기였을 거야, 달은."

달과 교신하는 것처럼 사쿠는 두 팔을 펼쳤다. 에너지 충전, 이라고 말하며 눈을 감은 옆모습이 마치 그림같았다.

"……재미란 뭘까?"

혼잣말처럼 중얼거리는 나에게 사쿠는 조금도 고민하지 않고, 마치 처음부터 답이 정해져 있었던 것처럼 말했다.

"하는 쪽도 즐겁고 보는 쪽도 즐거운 거지!"

나는 당황하며 질문했다.

"응? 달도 즐거워한단 말이야?"

"물론이지. 지구에 있는 사람들이 온통 달의 리액션을 보면서 흥분하잖아."

그의 환한 미소를 보며 참 사쿠다운 생각이라고 나는 생각했다.

사쿠는 언제나 긍정적이고 감성이 풍부했으며 그의 세계는 어디를 놓고 봐도 드라마틱해 보였다.

나는 달이 즐거워하고 있을 거라는 생각은 한번도 하지 못했다. 달은 자기가 저렇게 빛나고 있는지 모를 거라고 생각했다. 여기저기 구멍이 패여서 울퉁불퉁한 자신의 모습을 슬퍼할 뿐, 사람들을 기쁘게 하고 또 사랑받고 있을 거라고는 추호도 생각하지 못하고 있지 않을까?

재미도 없고 부정적이기까지 한 발상이다. 처음부터 내가 사쿠에게 지는 싸움이었다.

어쩔 수가 없었다. 오늘의 나는 감상적일 수밖에. 오토바이 가게에서 사쿠와 재회한 후로 그동안 봉인해 왔던 사쿠와의 추억이 하나둘 떠오르기 시작한 것이다.

에리카가 조금 진지한 말투로 물었다.

"오빠, 건강은 괜찮아?"

"응. 신발 때문에 발꿈치가 까진 게 다야."

"발꿈치가 까졌어? 그런 상처에는 큰 반창고를 세로로 붙이면 좋은데."

"그렇구나."

보통 사이즈의 반창고를 옆으로 붙인 탓에 구겨지고 벗겨지고 까진 상처가 또 까져서 아팠던 건가.

"어쨌든 다른 사람들도 오빠한테 이러쿵저러쿵 질문 안할 테니까 슬쩍 얼굴만 내밀었다가 가. 이런 기회는 소중히 하는 게 좋은 거야."

"……그러게."

나는 애매모호한 대답을 끝으로 전화를 끊었다.

곧바로 다시 전화벨이 울렸다. 에리카가 할 말을 깜빡한 거라 생각하고 스마트폰을 다시 집어 들었다.

사쿠.

화면에 표시된 이름을 보자마자 심장이 쿵하고 내려앉았다.

온몸에 열이 오르고 호흡이 가빠졌다. 받아야 하나, 말아야하나. 이제 와서 무슨 용건이 있는 거지? 받아야 해. 아니, 받기 싫어. 오만가지 감정이 뒤섞여 손가락이 떨렸다.

꼼짝도 못하고 있는 내 손 안에서 더는 기다릴 수 없다는듯 벨소리가 멎었다. 음성사서함으로 자동 연결됐다.

나는 스마트폰을 일단 탁상에 내려놓고 창밖을 향해 깊은한숨을 내쉬었다. 심장이 쿵쾅거렸다.

5분 정도 바람을 쐬다가 긴장되는 마음으로 음성사서함을들었다.

"나……사쿠. 오늘 오랜만에 얼굴 봐서 반가웠어. 저기 말야……계속 마음이 쓰였거든. 소속사를 나올 때 너랑 제대로이야기를 나누지 못했잖아. 늦었지만 이제라도 한번 만나고싶어서."

나는 스마트폰을 내려놓았다.

전화를 받지 않아서 다행이라 생각했다.

사쿠의 말에 나는 분명 아무 대답도 못했으리라.

아오모리에 간다고도, 사쿠와 대화를 한다고도······.

지금 이대로는 안 돼.

적어도 개그맨 활동으로 뭔가 그럴 듯한 것을 하나라도 이뤄낸 후에.

창가에 서서 하늘을 다시 한 번 올려다보았다.

달은 아까보다 조금 이동한 자리에서 새하얀 쟁반처럼 빛나고 있었다.

　　　　　　　　　❭ ❭ ●

이번 주말에 열리는 〈엔트리 라이브〉 무대에 가까스로 신청을 마쳤다. 택배 일도 그럭저럭 시간을 조율해서 나는 오랜만에 진심을 다해 아이디어를 짰다.

아무리 내가 돈을 내서 참가하는 무대라 할지라도 관객 앞에서 공연을 하는 이상 현역이라 말할 수 있지 않을까.

"〈엔트리 라이브〉에 출연합니다!"

트위터에 공연 안내를 올리자 밤바람이 '좋아요'를 눌러주었다. 보러와 주려나. 보러 왔다한들 관객석에 있는 누가 밤바람인지 알 턱이 없지만.

유튜브에서 개그맨 콤비의 무대를 수도 없이 찾아보고, 대본을 쓰고, 휴식시간에도 욕조에 들어가 씻는 동안에도 대사를 외우며 연습했다. 오랜만에 느껴보는 기분이었다.

그렇게 맞이한 대망의 라이브 무대. 좁고 어두침침한 공연장 안에 손님은 5명 정도에 불과했다. 무명의 개그맨들은 무대 뒤에 30명도 더 모여 있는데.

내 차례가 왔다.

〈엔트리 라이브〉 손님은 꽤 까칠한 편이다. 만약 팬이라면 보고 싶은 개그맨의 등장만으로도 기뻐하겠지만, 지금은 얼굴도 모르는 녀석이 나와서 무슨 말을 할지도 모르는 상황인 것이다. 애초부터 그렇게 재밌을 리가 없을 거라 생각하고 있는 듯했다. 그런 마음으로 앉아있는 손님들을 웃기는 것이 제일 어려운 법이다. 하품을 하는 건 양호한 축이고 무슨 말을 해도 아무 표정 없는 노(표정이 없는 가면을 쓰고 하는 일본 전통 예능 – 옮긴이) 가면 같은 얼굴을 하고 앉아있거나 옆 사람과 수다 삼매경에 빠지거나 내가 무대에 오르자마자 자리를 뜨는 손님도 있었다. 그걸 보는 게 괴로워서 그간 무대를 멀리했던 것이다.

하지만 오늘은 공연장을 찾아준 것만으로도 감사한 마음이 들었다. 고마워요. 제 콩트를 지켜봐 주세요.

그리고 나도 〈엔트리 라이브〉에 참가한 이래 처음으로 관객들의 얼굴을 찬찬히 둘러봤다.

나는 무대 중앙에 힘을 빼고 서서 입을 열었다.

"이상하네, 이상하군."

감자칩 봉지는 왜 세로로 뜯게 돼 있는 건데. 나는 가로로 뜯고 싶다고. 미용실에서 머리를 감겨주는 직원이 어디 더 씻어야 할 곳이 없냐고 묻는데 내가 알 턱이 없지.

"이상하네, 이상하군."

내가 등장했을 때, 긴 머리의 끝을 만지작거리며 손상된 머릿결을 신경쓰고 있는 듯했던 여성 관객이 나를 지켜보고 있다. 턱을 괴고 앉아있던 아저씨가 아까보다 조금 더 고개를 앞으로 내밀었다.

거리가 가까운 탓에 관객들의 반응이 금방 느껴졌다. 나쁘지 않아, 일단은 내 이야기를 들어주고 있으니까.

"이상하네, 이상하군. 아기는 귀여워서 깨물어주고 싶다면서 캐릭터 과자는 귀여워서 먹을 수가 없다네."

풉, 하고 객석에서 느슨한 웃음이 들렸다. 제일 앞에 앉은 손님의 어깨가 흔들렸다.

폭소까지는 아니지만, 그래도 관객들에게 내 이야기가 전달되고 있다는 확신이 들었다.

짜릿했다. 와, 왜 이렇게 재밌는 건데. 나는 지금 얼마나 멋진 세계에 있는 걸까. 놓아버릴 수 없었던 마음이 여기 이곳에 틀림없이 있었다.

무대를 마치고 대기실을 떠나려 할 때 문 앞에서 익숙한 얼굴을 발견했다. 등이 굽고 마른 체형에 두꺼운 안경을 낀 턱수염 아저씨.

"요시자와 씨!"

나는 깜짝 놀라 뛰어갔다.

퐁사쿠가 소속사의 라이브 무대에 출연했을 때 지역 행사를 위한 이벤트에 불러줬던 기획사의 사장님이다. 그 당시에는 꽤나 퐁사쿠를 인정해 주었었다. 해체 후에는 한번도 만난적 없었지만.

요시자와 씨는 내 얼굴을 보고 곤란하다는 듯한 표정을 지었다.

"미안한데 누구더라? 이쪽 일을 하고 싶어하는 사람이 워낙 많아서 말이지."

"퐁 시게타로예요. 콤비 퐁사쿠의 멤버!"

"응?"

시선이 허공을 헤메다 요시자와 씨는 뭔가 생각이 났다는 듯 고개를 끄덕였다.

"아 맞다, 잘 생기지 않은 쪽이네!"

"아…………네."

그런 식으로 기억하고 있는 것도 무리는 아니겠지.

"아직 이쪽에 있었구나. 해체한 지 제법 됐지 않았던가?"

요시자와 씨는 어이없다는 듯한 미소를 띠었다.

"네."

"그래, 잘 해봐."

나는 초조해졌다.

여기서 인사만 하고 끝내서는 지금까지의 나와 다를 바가 없었다. 모처럼 요시자와 씨와도 다시 만난 거니까 어떤 기회라도 만들 수 있다면…….

몸을 기울인 요시자와 씨를 향해 나는 외쳤다.

"저, 저기, 뭐든 잘할 수 있습니다! 진심을 다해 개그를 해보고 싶습니다. 일을 주시면 뭐든지 열심히 하겠습니다."

요시자와 씨는 살짝 몸을 뒤로 젖혔다. 내 목소리가 너무 컸는지도 모르겠다. 지나가던 다른 개그맨들의 시선이 이쪽으로 쏠렸다.

"뭐든지 한단 말이지?"

요시자와 씨가 코를 만지작거리며 웃음 띤 얼굴로 말했다.

"〈웃폭펑〉 히나단(메인 게스트의 뒷자리. 주로 분위기를 북돋우는 역할을 하는 개그맨들이 앉는다. — 옮긴이)도 괜찮겠어? 지인이 그 방송 PD인데 다음 개편 때부터 고정으로 나올 사람을 찾는다고 해서 말이야. 해볼 생각 있어?"

웃폭펑……! 숨이 멎을 것 같았다.

일명 웃폭펑이라고 불리는 버라이어티 쇼 〈웃음 폭탄 펑!〉에서는 유명 탤런트가 사회를 보고 히나단에 앉은 개그맨들이 토크로 분위기를 살리는 역할을 맡는다. 그 자리에 내가 가서 앉는다고?

"그, 그치만 저는 아직, 무명 개그맨이라……."

이상한 목소리가 나왔다. 요시자와 씨는 입꼬리를 올리며 웃었다.

"이 업계가 그런 녀석이 하룻밤에 유명해지는 꿈 같은 일이 일어나는 곳이잖아."

꿀꺽하고 침을 삼키는 소리가 내 귀에 울렸다.

엄청나고도 엄청난 기회가 찾아왔다.

이건 분명 나의 레골리스다. 요시자와 씨의 인맥으로 온통 둘러싸여서 나는 드디어 멀리까지 아름다운 빛을 뿜게 되는 것이다…….

요시자와 씨가 갑자기 생각이 났다는 듯 말을 이어갔다.

레골리스   103

"아, 그리고 모레 우리 회사에 올 수 있겠나? 도와줬으면 하는 일이 좀 있어서."

이렇게나 빨리 일이 들어오다니. 이렇게 일이 잘 풀리다니. 무서울 정도로.

모레는 택배 일이 있었다. 잠시 망설였지만 근무일을 바꿔달라고 부탁해 보기로 했다. 안 되면 그만두지 뭐.

"네, 갈게요."

나는 힘차게 대답했다. 요시자와 씨는 나에게 명함을 건네주며 오전 10시까지 와달라는 말을 남기고 떠났다.

온몸에 있는 세포가 들끓어 세상을 향해 소리치고 싶은 기분이었다.

두고 보라고. 사쿠 없이 나 혼자 힘으로 유명해질 거란 말이다. 사쿠보다 더 성공할 수 있단 말이다.

집으로 돌아가는 전철 안에서 나는 흥분에 휩싸여 트위터에 글을 남겼다.

"오랜만의 라이브는 최고였다. 그리고 무대가 끝난 후에 대대대대박인 일이 일어났다. 인생이란 생각지도 못한 일이 갑자기 일어나는 거구나. 이제 복수의 때가 왔다. 앞으로의 퐁시게타로의 활약을 기대하시라!"

그도 그럴 것이 〈웃폭펑〉이다. 요시자와 씨의 말대로 하룻밤에 유명해져서 새로운 일이 줄줄이 들어오는…….

그날 밤에는 이불속에 들어간 후에도 흥분한 탓에 한동안 잠을 이루지 못하고 뒤척였다. 시간을 확인하려고 어둠 속에서 스마트폰의 화면을 켰다가 겸사겸사 트위터를 확인했다.

밤바람의 '좋아요'는 달리지 않았다.

이틀 후 나는 요시자와 씨의 회사를 찾았다.

잘못 찾아온 게 아닐까 싶을 정도로 허름한 건물이었다. 그렇지만 주소도 건물명도 틀림없었다.

5층짜리 건물인데 엘리베이터는 없었다. 계단으로 3층까지 걸어 올라가니 야구모자를 쓴 아저씨가 보였다.

업계 사람인가? 나는 고개를 살짝 숙여 인사를 했지만, 상대편은 눈길도 주지 않고 계단을 내려갔다.

요시자와 씨가 밖으로 나와 가볍게 손을 흔들었다.

"왔구나……그럼, 미안한데 뭐라고 불러야 할까?"

관자놀이 근처를 긁적이며 어색한 웃음을 보이는 요시자와 씨에게 나는 말했다.

"본명은 혼다지만, 퐁이라고 부르시면 됩니다."

"그래 그럼 되겠군. 그럼 우선 저기에 쌓아놓은 상자를 아래로 옮겨주겠어?"

사무실 구석에 크기가 제각각인 상자들이 어지럽게 놓여 있었다. 책상 위에는 서류와 파일 더미가 보였다.

"사실은 회사 문을 닫기로 했거든."

"네?"

"내일까지 짐을 빼야 하는데 인사를 하러 다니느라 짐 정리가 안 끝났어. 지금 이 회사는 나 혼자 하는 거나 다름없어서 말이지. 오늘 쭁이 안 왔으면 큰일 날 뻔했어."

이 상황은……이건 몰래카메라일까? 무명 개그맨에게 당황스러운 상황을 제공하고 그 반응을 살펴보는…….

그래, 분명 그런 걸 거야. 제발 그래야만 해. 만약 그렇다면 나는 어떤 반응을 취해야 재미가 있을까? 멍하니 그런 생각에 잠겼던 나는 "아, 네" 하고 실없는 대답밖에 할 수 없었다.

요시자와 씨가 시키는 대로 갈색 상자에 팔을 뻗었다. 제법 무거웠다. 상자 모서리가 손바닥 중앙에 오도록 고정한 후 중지와 약지에 힘을 줘 끌어당겼다. 나는 상자를 끌어안은 채 계단으로 향했다.

"일을 잘하네?"

좀 의외라는 듯이 요시자와 씨가 말했다.

나는 요시자와 씨 쪽을 쳐다보지 않은 채 담담하게 답했다.

"프로라서요."

짐을 옮기는 건요.

계단을 내려가자 아까 계단에서 마주친 아저씨가 조금 앞에서 "이쪽이야"라며 손짓했다. 도로에는 경트럭 한 대가 세워져 있었고 짐을 싣는 곳에는 이미 이제 곧 폐기될 캐비닛과 소형 냉장고가 실려있었다.

아저씨는 업계 사람이 아니라 업자였던 것이다. 온몸에서 힘이 빠져나가는 듯했다.

상자를 다 옮겨 싣고 경트럭이 떠나자 이번에는 쓰레기 분리수거를 맡게 됐다. 타는 쓰레기와 재활용 쓰레기, 그리고 병과 캔을 나누고 오래된 잡지를 모아 끈으로 묶었다.

"이제는 쓰레기를 처리하는 것도 힘이 들더란 말이지."

요시자와 씨는 어이없다는 듯 말하며 서류를 정리했다.

이건 소속사로부터 버려진 나에게 들으라고 하는 말인가? 그런 생각이 들 만큼 마음이 꼬일 대로 꼬여 있었다.

그 이야기는, 그 이야기는 어떻게 된 거야!

손을 움직이면서도 나는 고민에 빠져있었다. 이 상황이 몰래카메라가 아닌 것쯤은 알고 있다.

쓰레기 정리를 어느 정도 끝마치고 바닥 청소를 마무리하자 요시자와 씨가 "이제 됐어"라고 말했다. 오후 2시였다. 점심식사도 아직이었다.

"남은 건 내가 봐가면서 정리해야 하니까 그만 가봐. 고맙고, 진짜 수고 많았어."

요시자와 씨가 캔커피 하나를 건네주었다. 책상 한켠에 굴러다니던 몇 개의 캔커피 중 하나였다. 이것이 오늘의 '일'의 보수였다.

나는 쭈뼛쭈뼛 물어보았다.

"……저기, 그때 말씀하셨던 〈웃폭펑〉 PD님을 소개시켜 준다고 하셨던 이야기는……."

요시자와 씨가 눈을 동그랗게 뜨며 갑자기 웃음을 터트렸다.

"혹시 내가 오해를 하게 했던가? 나는 그냥 해보고 싶은 마음이 있는지 물어보기만 한 건데. 그냥 인사치레같은 이야기였어."

나는 울고 싶었지만 그냥 물러서지 않았다.

"그치만 이 업계는 무명 개그맨이 하룻밤에 유명해지는 꿈같은 일이 일어나는 곳이라고 응원도 해주셨잖아요."

"그야 그렇지. 실력과 운만 있다면 말이야."

……실력과 운.

퐁 시게타로는 그 어느 쪽도 가지고 있지 않다고 말하고 있는 듯했다. 눈물을 참고 있는 나에게 요시자와 씨는 아무렇지 않은 투로 말했다.

"진짜 어려운 일이야. 사람을 웃긴다는 건."

헤진 셔츠의 칼라가 더러워져 있었다.

요시자와 씨도 사람을 웃기고 싶어서 이 회사를 운영해 왔을 거면서, 웃기지 않은 자신을 괴로워하면서, 성공한 지인을 곁눈으로 지켜보면서…….

나는 캔커피를 움켜쥐고 요시자와 씨에게 허리 숙여 인사한 후 사무실을 뒤로 했다.

　）　）　●

다음 주 토요일, 나는 신칸센을 타고 아오모리로 향했다.

난 역시 안 돼. 뭘 해도 안 돼. 애초부터 안 되는 거였어.

대학 축제에서 좀 웃겼다고 해서 취업 예정인 회사를 걷어차고 양성소에 들어간 때부터 난 안 될 놈이었던 거야.

이번에도 그래. 평소에는 맨날 자신감 없이 졸아있으면서 좀 일이 풀린다고 의기양양해져서는 요시자와 씨가 어떻게 잘 연결해 줘서 〈웃폭펑〉에 고정으로 들어갈 수 있다고 생각하다니. 그렇게 쉽게 볼 세계가 아니라는 것쯤은 누구보다 잘 알고 있으면서.

내 자신이 너무 멍청해서 어디론가 사라지고 싶었다.

이제는 그만둘 때가 온 걸지도 모른다.

미쓰바 택배 정사원 시험을 봐서 조금 더 안정된 생활을 하는 것도 좋겠다. 분수에 맞지도 않은 꿈 따위는 이제 포기하고 더는 초조해하지도 상처받지도 말고 땀 흘려 일하고, 쉬는 날에는 맥주도 한잔 하고. 그렇게 행복하게 살면 되지 않겠는가. 아니면 아오모리로 돌아가던가.

부모님 입장에서 보면 참패하고 돌아온 아들이 주위의 웃음거리가 된 거라 생각할지 모르겠지만…… 아니, 그렇게 해서라도 주위 사람들을 웃길 수만 있다면 그걸로 충분하지 않은가.

"뭐가 충분해."

나는 작은 목소리로 스스로의 허를 찔렀다.

스마트폰을 꺼내 트위터를 열었다. 그 일 이후로 나는 아무 게시물도 올리지 않았다.

마지막으로 올린 글을 눈으로 훑었다.

"오랜만의 라이브는 최고였다. 그리고 무대가 끝난 후에 대대대대박인 일이 일어났다. 인생이란 생각지도 못한 일이 갑자기 일어나는 거구나. 이제 복수의 때가 왔다. 앞으로 퐁시게타로의 활약을 기대하시라!"

이제 복수의 때가 왔다.

그날의 벅찬 마음이 가시지 않은 채로 써서 올린 트위터를 다시 읽어보니 이 말이 눈에 거슬렸다.

나는 사쿠에게 복수하고 싶었던 걸까. 그게 원동력이 된 걸까. 아니면 사쿠가 아니라 이 부조리한 세상에? 틀려먹었다.

이날의 내가 올려야 할 글은 "오늘 라이브를 보러 와주신 분들께 진심으로 감사드려요"였을 것이다.

무대에 섰을 때의 두근거리는 마음, 객석과의 일체감을 떠올렸다. 관객들의 표정, 들썩거리는 어깨, 온몸이 달콤하게 찌릿거렸다.

네 말이 맞았어, 사쿠.

재미는 그런 거였어. 하는 쪽도 보는 쪽도 함께 즐거운 것.

나는 어쩔 수 없이 개그가 좋은가 봐…….

고향으로 나를 실어 옮기는 신칸센이 요람처럼 흔들거렸다.

아버지의 환갑연은 평소 자주 찾던 일식집에서 저녁 식사로 열렸다.

에리카가 미리 이야기를 해둔 건지 다 같이 입을 맞춘 건지 진짜 나에 대해서 이것저것 물어오는 사람은 없었다. 원래 나는 내가 먼저 말하지 않는 성격이다.

하지만 집으로 돌아오는 차 안에서 아버지가 슬쩍 "시게타로 너 몸이 좋아졌구나"라고 말했다.

택배 일을 하고 있기 때문이다. 걱정은 많고 돈은 없고 해서 홀쭉해져 있을 거라고 상상했을지도 모르겠다.

"시게타로가 건강만 하면 그걸로 됐다."

느긋한 아버지의 말투로 그런 말을 들으니 나는 눈물이 나서 아무 대답도 할 수 없었다. 어머니도 빙그레 웃기만 했다.

돌아와도 되고 안 돌아와도 괜찮아. 그런 마음을 전해 받았다는 생각이 들었다. 그건 나에게 가장 마음이 든든해지는 응원이었다.

집에 도착하자 어머니가 "졸리네"라고 말하며 눈을 비볐다.

시골 사람들에게는 밤도 아침도 빨리 찾아온다. 아직 9시인데도 부모님은 모두 침실에 들어가고 말았다.

에리카도 자기 집으로 돌아간 후여서 나는 홀로 거실에서 텔레비전을 틀었다. 오랜만에 로컬 광고를 보고 있으니 웃음이 났다. 그때 스마트폰에서 벨소리가 울렸다.

데쓰였다. 나는 아무 고민 없이 전화를 받았다.

"데쓰."

"이야, 퐁이네! 오랜만이야."

변함없는 데쓰의 목소리.

"에리카한테 퐁이 고향에 왔다는 이야기를 들었지. 남처럼 이럴 거야? 왔으면 연락 좀 해."

이제 멀게 느껴질 거라 생각했던 데쓰와 이렇게 아무렇지 않게 이야기할 수 있어서 기뻤다.

데쓰는 고에몬도 잘 지낸다는 둥 요즘 새로운 차를 뽑았다는 둥 가벼운 수다를 떨다가 "지금 나올 수 있어? 한잔 하자" 하고 제안했다.

역 앞에 있는 이자카야에서 나와 데쓰는 술잔을 부딪혔다.

중학교 선생님인 데쓰는 소프트볼 고문을 맡았다고 했다. 햇볕에 탄 미소에서 건강함이 느껴졌다.

안주를 먹으면서 우리는 이런저런 대화를 나눴다.

주로 도쿄에 있는 나에 대한 이야기였다. 콤비가 해산했을 때의 일과 소속사를 나온 후에 택배 드라이버로 일하고 있다는 이야기.

"사인을 하는 쪽이 아니라 사인을 받는 일을 하고 있어. 전표에."

그 말에 데쓰가 박장대소했고, 그 웃음이 나를 안심시켜 주었다. 여기서 안타까워한다거나 못 들은 척해버렸다면 그 후의 진심을 털어놓을 수 없었을지도 모른다.

2시간 정도 함께 술을 마시다가 우리는 가게를 나왔다.

밤하늘에 투명하게 빛나는 활 모양의 달이 보였다. 당당한 모습의 보름달과는 또 달리 청초한 아름다움이 느껴졌다.

나는 그 빛을 올려다보며 멈춰섰다.

"……달은 말이야, 자기가 저렇게 빛나고 있는지 모를 거야. 알려주고 싶은데."

데쓰는 어딘가 익살스러운 표정으로 나에게 몸을 기울였다.

"왕년에 함께 만담했던 사람으로 한마디 하자면 말이야."

"어?"

"그건 니 이야기잖아."

깜짝 놀라 데쓰를 쳐다본 나에게 그는 천천히 말을 이어갔다.

"내가 봤을 땐 너도 빛나고 있어. 근데 너는 모르지."

"내가?"

"그래. 퐁은 자신을 뭘 해도 잘 안 되는 사람이라 생각할지 모르겠지만, 나는 친구로서 너를 자랑스럽게 생각해. 혼자 도쿄에 가서 누구의 도움도 받지 않고 지내고 있고, 포기하지 않고 꿈을 좇고 있잖아. 멋져 퐁은."

"그건……그건 꿈을 못 이뤄서 그런 거잖아."

"그러면 안 되는 거야? 꿈을 가지고 있다는 것 자체가 그 사람을 빛나게 하는 거라 생각해."

레골리스다.

그렇구나. 나는 뭔가 대단한 착각을 하고 있었다.

레골리스는 아름답게 보이기 위한 마법의 화장 같은 게 아니었다. 그냥 달에 '언제나 있는 것'일 뿐이다.

이제와 갑자기 모든 것이 딱 들어맞는 기분이 들어 나도 몰래 한숨을 내쉬었다.

겉이 번지르해서가 아니라 아오모리를 떠났을 때부터 내가 내 안에 품고 있던 마음이 나를 빛나게 해주는 거라면……

나는 아무래도 아직……아니 한 번 더 개그를 해보고 싶어.

헤어지는 순간에 데쓰는 상념에 잠긴 듯이 말했다.

"오늘 이야기할 수 있어서 좋았어. 계속 마음이 쓰였거든. 시간 내줘서 고마워."

그건 내가 할 말이었다.

데쓰와 헤어지고 나서 혼자가 되고 보니 사쿠에게서 걸려온 부재중 전화가 떠올랐다. 같은 말을 했었지. "계속 마음이 쓰였거든"이라고.

그것은 분명 사쿠가 개그맨을 그만둔다고 했을 때 내가 마음속의 이야기를 확실히 털어놓지 않았기 때문이다. 그저 "알았다"고만 말했을 뿐.

사실 그때 나는 사쿠와 나누고 싶은 이야기가 많았다. 솔직한 마음을 전했다면 좋았을 텐데. 사쿠는 분명 내 이야기를 듣고 싶었을 텐데.

왜 그러는 거야. 왜 나를 이렇게 쉽게 버리는 거야.

장난하지 마. 니 멋대로 굴지 마.

그건 배신이야. 너 혼자 좋자고 한 결정이잖아.

나는 진짜 즐거웠어. 너와 만나게 된 게 진짜 진짜 기뻤어.

사쿠를 만나지 못했다면 양성소를 도중에 그만뒀을지도 몰라. 사람들을 웃기는 게 즐거운 일이라는 건 사쿠가 곁에서 알려준 덕분이었어. 그래 사쿠 네 덕분이야.

그래서 그래서 이제는 말할 수 있어. 진심으로.

열심히 해 사쿠, 응원할 테니까. 나도 열심히 할게.

나는 스마트폰을 꺼내 전화 모양의 아이콘에 손가락을 갖다 댔다.

)) ●

"대나무숲에서 전해드립니다. 다케토리 오키나입니다. 가구야 공주는 잘 지내고 있으려나."

내 방에서 〈달도 끝도 없는 이야기〉를 들으며 창문을 열었다. 9월 중순의 밤은 이미 가을의 기운이 느껴졌다.

저녁에 다음 〈엔트리 라이브〉에 신청하려고 이벤트 회사에 전화를 걸었더니 직원이 이런 말을 해줬다.

"전에 오신 관객분께서 퐁 시게타로는 다음에 언제 출연하냐는 질문을 받았어. 처음 왔는데 재밌었다고."

더할 나위없이 기쁜 이 말은 누군가의 몰래카메라도 아니고 달디단 착각도 아닐 것이다.

내 자신이 지금 손에 넣을 수 있는 기쁨을 나는 온전히 맛보고 있다.

"그런데 오늘은 말이죠, 삭입니다."

다케토리 오키나는 말했다.

"태고의 옛날부터 삭에 소원을 빌면 그 소원이 이뤄진다는 믿음이 있었죠. 그 믿음은 현재까지 이어지고 있고요. 참 신기하죠? 삭은 눈에 보이지 않는데 아무것도 없는 하늘을 향해 소원을 빌다니요."

그렇구나 삭은 보이지 않는구나.

이미 알고 있던 이야기도 다시 듣고 보면 깜짝 놀라게 되는 일이 종종 있다.

"그런 주술같은 행위를 미신이라고 생각하면 그뿐이겠지만, 저는 그렇게 소원을 비는 건 좋은 일이 아닌가 싶습니다. 삭은 달의 새로운 시작이잖아요. 새로운 날의 시작이죠. 정월이나 정초에 소원을 비는 것과 같은 거라고 생각하니 매우 납득이 가더군요. 신의 모습도 우리 눈에는 보이지 않잖아요."

그러고 보니 그렇네.

실제로 본 적은 없지만 필요할 때마다 신에게 소원을 빌기도 하고 나쁜 일이 있으면 원망도 하곤 하지. 그건 눈에 보이지 않더라도 어딘가에 있다고 생각하고……느끼고 있기 때문일지도 몰라.

"그치만……저는 달에 비는 건 소원이라기보다 기도라고 하는 게 맞다고 봐요. 소원은 본인이 하고자 마음을 굳게 먹고 행동에 나설 수 있는 것인데 기도는 어찌할 도리가 없이 그저 조용히 마음을 담는 일이잖아요."

그렇게 말하고 다케토리 오키나는 목소리 톤을 낮춰 말을 이어갔다.

"저로서는 어찌할 수 없는 일이 세상에는 참 많이 일어납니다……. 달은 그런 우리들에게 커다란 부적이 되어줄 거란 생각이 듭니다."

나는 방충망을 열었다.

칠흑같은 하늘 저편에 있을 달을 머릿속에 떠올렸다.

보이지 않는 달에 소원을 빌었다. 그리고 기도를 했다. 항상 그곳에 있어 주는 큰 존재에게.

소원을 이루기 위해 나는 내가 할 수 있는 일을 하자.

꼭 지켜주세요. 이렇게 약하고 어리석지만 열심히 살아가는 우리들을.

팟캐스트를 듣고 나서 나는 스마트폰을 꺼내 트위터를 열었다. 오랜만에 글을 올렸다.

"신발에 발꿈치가 까지지 않는 방법을 알았다. 신발을 신지 않는 것이다. 내가 정한 길을 두려워하지 말고 맨발로 걸어보는 거야!"

맨살을 드러낸 발이 추울지도 모르겠지만, 발꿈치가 아닌 다른 곳이 까질지도 모르겠지만.

한번 제대로 걸어보는 거야. 그러다 보면 작은 돌멩이를 밟는 정도로는 아무렇지 않을 단단한 발을 내 것으로 만들 수 있을지도 모를 일이지.

타임라인을 훑어보는 중에 금세 화면에 나타난 파란 베스파 아이콘. 만나본 적 없는 밤바람의 '좋아요'가 달렸다.

3

해
님

순서가 틀리지 않았냐고 역정을 냈더니 이제 시대가 바꼈다며 아내에게 한소리를 들었다.

"기쁜 일이잖수. 우리는 기뻐해야 할 일이라구."

거실 테이블의 옆자리에 앉아있는 아내 지요코가 웃음기 가득한 얼굴로 나를 살짝 노려봤다.

반대편에 앉아있는 건 외동딸인 아야와 처음 보는 남자다.

이 사실을 모르고 있었던 건 나 혼자였다. 아야는 전부터 지요코에게만 이런저런 이야기를 털어놓은 듯했다. 내가 집을 비운 어느 날 밤에 남자가 아야를 집까지 바래다주었고, 그때 아내는 이미 얼굴을 본 적이 있다는 말에 나는 이 상황이 도무지 기쁘지가 않았다.

아야는 아직 직장생활 2년 차에 스물네 살이다. 교제 중이라는 남자가 집에 인사를 온다고 해서 나로서는 딱히 만날 이유가 없다고 말하자 지요코는 "남자친구가 생기면 아빠한테 꼭 소개해야 한다고 말한 건 당신이에요"라고 웃어넘겼다.

언젠가 술김에 그런 이야기를 했을지도 모를 일이지만, 기억이 나지 않는다. 아마 진심으로 한 말은 아니었을 것이다.

나는 도망치고 싶은 마음을 가라앉히며 지요코가 사다준 새 폴로셔츠를 몸에 걸쳤다. 꿉꿉한 6월 장마 날씨에 부슬비까지 내리고 있었다.

집에 나타난 놈은 허여멀건하고 갸냘파서 어디 기댈 곳이라곤 찾아볼 수 없는 안경잽이였다.

"처음 뵙겠습니다. 저는 우치카와 노부히코라고 합니다."

이놈이구만. 젠장, 이놈이 우리 아야와…….

긴장한 탓인지 우치카와 노부히코는 아야의 옆에서 웃지도 못하고 얼어붙어 있었다.

아야와는 대학 동기이며 졸업 후 후쿠오카에 있는 직장에 다니고 있다고 했다. 도쿄에 있는 본가에서 부모님과 함께 지내고 있는 아야와는 장거리 연애 중이라고도 했다.

언젠가 "결혼시켜주십시오" 하는 청을 듣게 될 날이 오려

나. 그때 어떤 어려운 과제를 내주면 좋을까. 가구야 공주 이야기에 나오는 정도의 고생은 시켜야지(가구야 공주는 청혼을 하러 온 남자들에게 다섯 가지 진귀한 보물 중 하나를 찾아오라고 한다. – 옮긴이).

한 번이나 두 번은 "안 된다"고 반대도 할 테다. 내 비록 마음속으로는 축복할지언정 순순히 허락할 수는 없지. 약간의 반대에 흔들릴 정도의 사내는 안 돼. 우여곡절을 다 견뎌낸 후에 둘의 관계를 인정하면서 근엄한 태도로 이렇게 말하는 거지. "그래, 자네라면 우리 아야를 맡길 수 있겠군"이라고. 그 때까지 내 뒤에서 조용히 말을 아끼고 있던 지요코도 나긋한 목소리로 "축하해" 하고 미소를 짓는 거야. 그러면 남자는 고개를 깊이 숙이고 아야는 한줄기의 눈물을 흘리⋯⋯.

"아빠, 저 결혼해요."

풉, 하고 마시던 차를 내뿜을 뻔하고 말았다.

단호하게 말을 내뱉은 아야의 눈이 똑바로 나를 향했다.

결혼?

그것도 남자 쪽이 아니라 네 입으로 그 이야기를?

그건 그렇고 "해요"라는 건 내 허락을 구하려는 게 아니라 사후보고 같은 건가?

할 말을 잃은 나에게 아야는 결정타를 날렸다.

"노부히코 씨와 결혼한 후에 후쿠오카로 갈 거에요."

나는 당황스러운 마음에 허둥지둥거렸다.

"뭐, 뭘 그렇게 서두를 것까지 있나. 너도 이제 회사에 들어간 지 얼마 안 됐고."

그러자 아야가 무심히 말했다.

"임신했어요."

뭐, 뭐라?

지요코가 환한 웃음을 보이며 두 손을 모았다.

"그렇구나, 축하해!"

나는 결국 참지 못하고 큰소리를 쳤다.

순서가 틀려먹었어. 하나부터 열까지.

　　　　　　　　　　　❯ ❯ ●

일을 마치고 집으로 돌아오는 길. 체력은 바닥에 다리도 천근만근이다.

나는 도쿄 외곽에서 이륜 자동차 정비공장을 운영하고 있다. 공장 이름은 내 이름에서 따온 '다카바 개러지.'

정비 업무는 내가 도맡아 하고 있고, 경리 및 보험 절차 등에 관한 사무 업무는 지요코가 보고 있다. 잠시 다른 누군가의 손을 빌리기도 했지만 대체로 나와 지요코 둘이서 이 작은 공장을 어찌어찌 운영해 가고 있다.

나는 마흔이 됐을 때 이전 근무하던 자동차 공장에서 독립했다. 이륜차 전문이라는 나만의 간판을 갖고 싶었다. 이륜차를 좋아한다는 단 하나의 이유만으로.

처음 한동안은 공장 경영이 어려워 지요코를 고생시키기도 했지만, 조금씩 단골손님이 늘어난 덕분에 생활도 안정을 찾아갔다. 쉰을 맞이한 6년 전에 구축이긴 하나 그럭저럭 깨끗한 아파트 한 채를 구입하면서 오랫동안 지내왔던 좁은 주공아파트에서 나올 수 있었다. 아야가 고등학생 때의 일이었다.

딱히 주공아파트가 싫은 것은 아니었다. 하지만 아야가 아파트에 사는 친구를 부러워하는 것을 보고 욕심을 좀 냈다. 아야가 좋아해 줄 거라는 생각에. 딸과 나와 계속 부딪히기만 하는 사이였지만, 집이 마음에 들면 그래도 딸이 독립하지 않을 거라는 계산이 있었던 것이다.

그 덕분인지 어떤지는 알 수 없지만, 아야는 고등학교를 졸업한 후 전철로 1시간 거리에 있는 대학교에 진학했고 대학 졸업 때까지도 이 아파트에서 줄곧 함께 지냈다.

졸업 후에는 도쿄 도내 회사에 취업해 통근도……아직 얼마 간은 이곳에서 함께 지낼 거라 생각했던 찰나에 "결혼해요"라는 통보라니.

거기다 후쿠오카는 너무 멀었다.

노부히코의 일은 대형 전자기기 제조업체의 SE인가 뭔가라서 근무지로 도쿄 부근을 희망했으나, 본사로 발령이 났다고 했다. 아야는 언젠가는 노부히코를 따라 후쿠오카로 갈 생각이었나 보다. 그날이 이렇게 빨리 올 줄은 모르고.

결혼 통보를 받은 것은 6월이었다. 그때가 임신 4개월이었다. 혼인신고를 하고 안정기인 5개월째에 들어선 7월에 후쿠오카로 이사할 계획이라고 아야는 말했다. 배가 많이 부른 후에는 움직이는 게 힘들 테니 그때가 적기일 거라고 했다.

나의 충격에 쐐기를 박은 것은 "식은 안 올리기로 했어"라는 말이었다.

신부의 아버지 자격으로 아야와 버진로드를 걷는 것이 내 오랜 꿈이었거늘.

모든 것이 무너지고 말았다. 그렇다고 평생 시집을 보낼 생각이 없었던 것은 아니었다. 하지만 마음의 준비라는 것이 필요하지 않은가.

최소한 내가 머릿속으로 그려온 대로 단계를 밟아줬다면 뭐든 다 받아들일 수 있었을 테다.

편의점에서 산 도시락이 든 봉지를 들고 나는 아파트 입구를 향해 터벅터벅 걸어 들어갔다.

2주 전부터 지요코는 후쿠오카로 건너가 딸네서 함께 지내고 있다. 원래라면 출산 예정인 12월에 아야와 함께 아기를 돌보기 위해 한 달 정도 딸네에 머물 예정이었다. 그런데 10월에 들어서자 아야가 빈혈이니 배가 너무 크니 하며 힘들어했고, 때문에 예정보다 일정을 앞당겨 후쿠오카로 가게 됐다.

노부히코의 친가는 지바에 있었다. 사돈과는 혼인신고 때 한 번 다 같이 모여 식사를 하면서 얼굴을 본 게 처음이자 마지막이었다. 신경이 곤두선 상태로 식사 자리에 나갔더니 사돈은 두 분 모두 어딘가 느긋한 모습으로 "너무 잘 됐네요"라고 말하며 훈훈한 분위기를 자아냈다. 지요코는 "좋은 분들인 것 같아"라며 좋아했고 나는 맥이 탁 풀리고 말았다. 나만 혼자 성질을 내고, 나만 혼자 악역을 맡고 있는 기분이었다.

뭐가 이렇게 마음대로 안 되는 거지? 나만 이상한 건가?

아파트 입구에서 카드키를 갖다 대자 택배 표시에 빨간불이 들어왔다.

이 아파트가 마음에 든 이유 중 하나는 택배 보관함이 있어서였다. 부재중일 때 배달된 물품은 택배 보관함에서 수취할 수 있었다.

지요코가 후쿠오카에 간 이후로는 아내가 제안한 대로 생활용품들을 인터넷에서 주문했다. 평소 지요코가 자주 사용하던 '라이프팩'이라는 사이트에서는 볼펜 한 자루도 다음 날까지 무료 배송을 해준다. 문구, 책, 세제, 비누, 양말은 물론 약까지 살 수 있어서 믿을 수 없을 만큼 편리했다. 그래서 나는 종종 이 사이트에서 물건을 사곤 했다.

공장은 집에서 걸어서 20분 정도로, 가게들로 붐비는 역 주변과는 반대 방향에 위치했다. 공장과 집 사이에 있는 가게는 편의점 하나가 다였다. 음식물은 택배 보관함에 넣을 수 없기 때문에 대충 근처에서 해결했고, 그 외 필요한 물건은 대부분 이 사이트에서 해결했다.

배송지를 공장으로 지정하는 방법도 있겠으나 작업 중에 배달이 오면 물건을 받기가 어렵기도 하고 급한 용무로 공장을 비우는 경우도 있었다. 게다가 티슈나 샴푸같은 것을 집으로 다시 옮기는 일도 번거롭기 그지없다.

사물함 공간 벽에 붙어 있는 네모난 모양의 수신기에 카드키를 갖다대자 "물건이 도착했습니다"라는 음성과 함께 액정 화면에 사물함 번호가 나타났다.

화면에서 '확인' 버튼을 누르자 사물함 문이 열렸다. 어제 주문한 입욕제와 잡지다. 작은 상자를 안아들어 건물 안으로 들어가 이번에는 우편함으로 향했다.

석간신문을 뽑아들자 뒤섞인 전단지와 엽서 사이로 기다란 종이 한 장이 보였다. 미쓰바 택배라는 택배회사의 부재 연락표였다. '물건을 택배 사물함에 넣어두었습니다'라는 항목에 체크 표시와 함께 사물함 번호가 쓰여 있었다.

　하단에는 '배달 통지'라고 인쇄된 스티커가 붙어있었다. 분단위까지 기재된 배달 일시와 전표번호. 그리고 그 아래로는 담당자 이름이 보였다.

　혼다.

　항상 같은 이름이다. 혼다라는 배달원이 이 지역의 담당인 것일 테다.

　크게 마음 쓸 일도 아니겠지만, 나로서는 인상적인 일이었다. 오토바이 회사의 혼다를 떠올리게 했으니까.

　나는 얇은 그 종이를 바지 주머니에 구겨 넣고 혼자만의 방으로 돌아갔다. 집은 어수선한 데다 먼지와 쓰레기, 세탁물도 쌓일 대로 쌓여있었다. 내가 하지 않으면 언제까지나 정리가 안 될뿐 아니라 더러운 것들이 갈수록 팽창하는 듯하여 놀라웠다. 정리하지 않은 상자들이 넘쳐나는 소우주에서 나는 오늘도 잠에 든다.

공장에서 하는 주된 일은 정비와 수리, 그리고 도장 업무다.

사고를 미연에 방지하기 위한 정기 점검은 물론, 상태가 갑자기 나빠져서 작동을 멈춘 오토바이들이 실려 온다. 한눈에 원인을 알아차릴 수 있는 것들만 오는 것은 아니다. 어디가 어떻게 잘못된 건지 오토바이와 일대일로 시간을 내 마주하고, 생각하고, 추리하고……그렇게 해서 원인을 찾아냈을 때의 기쁨이란. 푹 퍼져버린 오토바이가 내 손을 거쳐 다시 살아 숨쉴 때, 그러니까 엔진이 다시 움직이는 순간에는 무엇과도 바꿀 수 없는 행복에 잠기곤 한다.

오늘도 아침부터 시작한 수리를 하나 끝내고 오후부터 오일 교환을 하고 있었는데 공장 앞 주차장으로 차 한대가 들어오는 소리가 들렸다.

작업을 멈추고 밖으로 나가보니 거래처인 오토바이 가게의 경트럭이 서 있었다. 큼지막하게 '써니오토'라고 쓰인 문에서 남자가 재빠르게 나왔다.

"안녕하셨어요!"

익숙한 얼굴이다. 사쿠가사키라는 긴 이름을 나는 '사쿠'라고 줄여서 불렀다.

"어제 전화 드린 판금 수리를 부탁드리러 왔어요."

트럭 짐칸에 차체가 찌그러진 소형 오토바이가 실려있었다. 사쿠는 재빠르게 슬로프를 설치해 오토바이를 내렸다. 보기에는 말라보여도 걷어 올린 소매 아래로 보이는 그의 팔은 의외로 근육질로 탄탄해 보였다.

언제 봐도 기분이 좋아지는 사람이다. 서른 살이라고 했지만 나이보다 더 젊어 보였고 큰 목소리로 똑부러지게 말하는 모습도 좋아 보였다.

……이런 사람이 사위였으면 좋았으련만.

몇 번이고 그런 상상에 잠겼다가 생각을 고쳐먹었다.

노부히코는 말수가 적고 인사를 하러 왔을 때도 "잘 부탁드리겠습니다. 무슨 일이 있어도 아야와 아기를 지키겠습니다"라고만 말했던 기억밖에 없었다. 지요코는 "말수가 적어서 더 그 말에서 진심이 느껴지는 것 같아"라고 말했지만, 나는 그렇게 생각하지 않는다. 그런 애송이가 강철 같은 우리 아야를 지킬 수 있을 리가.

사쿠. 더 빨리 자네를 알아서 우리 딸을 만나게 해주고 싶었다네. 이제 사위는 물 건너간 일일 테니 이 공장이라도 물려받아 주게나.

하지만 그것도 불가능한 일일 테다. 오토바이 가게에서는 아르바이트로 일할 뿐이고 따로 배우 일을 하고 있다고 했다.

사쿠는 작업장까지 오토바이를 옮겨 스탠드로 고정한 후 나를 다시 똑바로 쳐다보고는 인사를 했다.

"잘 부탁드릴게요!"

"어어, 그래."

사쿠가 그 말끔한 얼굴로 빙그레 웃으면 나도 모르게 입가에 미소가 번졌다.

돌아가려던 사쿠의 시선이 작업장 구석에 멈췄다.

"우와, 아이패드다."

작업장 한구석에는 사무업무를 위한 공간이 있다. 지요코의 자리다.

책상 위에는 묵직한 데스크톱 컴퓨터가 아까 메일을 확인하려고 전원을 넣어둔 상태 그대로 놓여있었다. 저 걸 산 지도 이제 7년 정도가 지났으려나. 나는 데스크톱 컴퓨터 한 대로 충분하다 했지만, 최근에 공장 손님에게 보험에 관한 설명을 듣다가 있으면 편리하다는 이야기에 지요코는 태블릿PC를 사들였다.

지요코가 없는 지금, 아내가 도맡아 하던 사무일도 내가 처리해야 했다. 자랑은 아니지만서도 아직 2G 휴대전화를 쓰고 있는 나로서는 태블릿PC 따위가 그림의 떡 같은 물건이었다.

그래도 혹시 몰라 비밀번호를 알아두었지만 사용법을 물어볼 새도 없이 지요코가 후쿠오카로 떠나버린 탓에 필요한 사무 작업은 모두 이전처럼 데스크톱으로 처리했다.

죄다 낡고 오래된 이 공장에서 유일하게 새것인 아이패드가 부자연스러워 그의 눈에 띈 것일 테다. 사쿠의 목소리에는 의외라는 느낌이 어려있었다.

"아아 저거. 지요코가 산 거야. 나는 쓸 줄도 몰라."

"그렇게 어렵지 않아요. 컴퓨터는 이제 이상한 소리가 나지 않아요? 슬슬 다시 사실 때가 됐을 텐데."

그러고 보니 요즘 들어 컴퓨터에서 지지직거리는 소리가 들리긴 했다. 오래된 물건이 다 그런 거지. 작동이 느리긴 해도 딱히 신경이 쓰일 정도는 아니었다.

"아직 쓸만해."

"태블릿은 전원도 빨리 들어오고 여기저기 들고 다니기도 좋아서 여러모로 편리하실 거에요. 작업하면서 음악도 들을 수 있으니까 얼마나 좋아요."

"음악? CD를 넣는 곳은 없던데?"

"인터넷이나 앱 같은 데서 들을 수 있어요. 무료로."

"흐음."

나는 아이패드를 손에 들고 전원을 넣었다.

그의 말대로 컴퓨터보다 훨씬 빨리 화면이 나타나는 점이 좋았다. 잠깐 볼 일이 있어 쓰기에 편리해 보였다.

비밀번호를 넣자 화면에 이런저런 표시가 나타났다. 사쿠는 화면에 깔려 있는 앱 중에서 내가 바로 쓸만한 것들을 알려주었다.

인터넷, 카메라, 지도, 동영상. 화면을 갑자기 키우기도 할 수 있는 게 놀라웠다. 그것 참 편리한 물건일세.

"이건 뭔가?"

나는 몇 개의 동그라미에 봉이 하나 꽂힌 아이콘을 손으로 가르켰다.

공구 모양으로 보였던 것이다. 동그랗고 손잡이가 달린 안경 렌치와 어딘가 닮아 보였다.

"아, 이건 팟캐스트라는 건데요."

사쿠가 안경 렌치같은 아이콘에 손가락을 갖다 대자 사각형 화면이 여러 개 나타났다. 탤런트와 개그맨들의 얼굴 사진과 함께 이런저런 설명이 쓰여있었다.

"이렇게 각자 좋아하는 이야기를 방송할 수 있는 라디오 같은 거에요."

"연예인들도 이래저래 하는 일이 많아서 참 바쁘겠어."

내가 고개를 들자 사쿠는 말했다.

"연예인들이 시작한 건 최근이고요, 원래는 전혀 누군지 알 수 없는 사람들이 자기가 하고 싶은 말을 하는 언더그라운드 느낌이었어요. 그때가 좋긴 했는데."

사쿠는 화면 이곳저곳을 만지다 "이를테면 이런 거요"라고 아이패드를 내밀었다.

〈달도 끝도 없는 이야기〉

정사각형의 감청색 배경에 흰색의 손글씨로 제목이 쓰여 있었다. 그 아래로는 다케토리 오키나라는 이름이 보였다. 사 쿠는 재생 버튼을 눌렀다.

"대나무숲에서 보내드립니다. 다케토리 오키나입니다. 가구 야 공주는 잘 지내고 있으려나."

다케토리 이야기의 대나무 장수 할아버지로군. "10월 중순 에 접어들면서 지내기 편한 날씨가 이어지고 있습니다"라며 귀에 감길 듯 부드러운 남성의 목소리가 흘러나왔다.

"저도 최근에 알아낸 사실입니다만, 달이 야구공……."

다케토리 오키나의 말을 여기까지 듣고 사쿠는 정지 버튼 을 눌렀다.

"이런 방송이에요."

사쿠는 아이패드를 나에게 넘겨주었다. 이제 그만 가봐야 한다는 분위기다. 조금 더 이야기를 나누고 싶었지만, 그도 근무 중이라 그럴 여유는 없을 터였다.

함께 공장 입구까지 따라 나갔더니 사쿠는 세워 둔 경트럭의 문을 열고 조수석으로 손을 뻗었다.

"……저기, 이거. 인쇄소에서 어제 막 받은 거긴 한데."

어딘가 쑥스러운 듯 사쿠가 종이 한 장을 내밀었다.

사쿠가 소속해 있는 극단의 공연 홍보지였다.

"저, 12월에 하는 무대에서 주연을 맡게 됐어요. 시간 되시면 한번 놀러오세요."

"이야, 대단한데."

극단 호루스. 그래, 그러고 보니 사쿠가 소속해 있는 극단이 이런 이름이었지. 극단명 옆에 새 머리에 인간의 몸의 모습을 한 일러스트가 그려져 있다.

"호루스가 무슨 의미인가?"

내가 묻자 사쿠는 어딘가 자랑스러운 듯 말했다.

"태양신이요. 고대 이집트의 남신이에요."

사쿠는 하얀 이가 드러나 보이게 웃으며 차에 올라탔다.

나는 홍보지를 손에 든 채 사쿠를 배웅했다.

사쿠가 돌아간 후 나는 아이패드를 만지작거렸다. 아까 들은 팟캐스트인가 뭔가가 궁금했다. '야구공'에 관한 이야기를 중간에 끊다니 궁금할 수밖에.

이렇다 할 취미가 없는 나지만 야구 관람이라고 하면 이야기가 달라진다. 응원하는 구단은 〈야쿠르트 스왈로즈〉. 입장권이 구해질 때면 함께 야구장에 가주기도 하는 지요코와 달리, 아야는 전혀 관심이 없는 듯 한 번도 함께 동행해 준 적이 없었다.

팟캐스트 아이콘을 터치해 검색란에 '다케토리 오키나'라고 입력했다. 그러자 곧바로 아까 본 감청색 화면이 상단에 나타났고 화면을 터치하자 이번에는 방송 일람이 나타났다.

다케토리 오키나는 매일 아침 10분간 방송을 진행하는 듯했다. 제일 위에 보이는 재생 버튼을 누르자 좀 전에 들었던 깊이 있는 목소리가 흘러나왔다.

"대나무숲에서 보내드립니다. 다케토리 오키나입니다. 가구야 공주는 잘 지내고 있으려나."

나는 사무공간으로 이동해 손에 들고 있던 아이패드를 책상에 내려놓았다. 의자에 앉아 귀를 기울였다. 궁금해하던 내용이 곧장 이어 나왔다.

"저도 최근에 알아낸 사실입니다만, 달이 야구공과 같은 크기라고 치면 지구는 핸드볼 정도의 크기라고 합니다."

아아, 그런 이야기구나.

"그럼 또 태양은 어떤가 하면, 태양의 지름이 지구의 900배 정도라고 하니까……아마도 가스 탱크 정도일까요? 가스 탱크도 크기가 천차만별이지만 지름이 200미터쯤 되는 것이 있지 않습니까."

다케토리 오키나의 진지하게 생각에 잠긴 목소리는 어딘지 모르게 활기가 느껴졌다.

야구공이라…….

난 아들과 캐치볼을 해보고 싶었지. 지요코가 임신 중이었을 때는 자주 그런 상상을 하곤 했다.

야구부에 들어가는 것까지는 바라지 않더라도 일요일 저녁 같은 때에 부자끼리 그런 시간을 가질 수 있으면 좋겠다고, 이날 이때까지도 가끔 그런 생각을 하곤 했다.

태어난 아이가 딸이어서 실망했다는 말을 하면 혼이 날 테지. 물론 아야를 둘도 없이 소중하게 여긴다는 말도 거짓말은 아니었다. 하지만 상상속 아들과의, 이를테면 판타지 같은 것이다.

다케토리 오키나의 이야기는 이어졌다.

"그런데 달과 태양의 크기는 이렇게나 차이가 나는데도 지구에서 보면 같은 크기로 보이잖아요. 그건 태양이 달의 400배쯤 큰 만큼 또 지구에서의 거리가 400배쯤 멀다는 우연의 일치 덕분입니다."

그렇구나. 참 유익한 내용이군. 다음에 써먹을 수 있도록 외워둬야지. 나는 책상 위에 놓인 메모지에 볼펜으로 금방 들은 내용을 써 내려갔다.

"그런 이유에서일까요, 오랜 옛날부터 사람들은 해와 달을 한쌍으로 여기고 각각의 역할과 존재 의의를 만들어내려고 했죠. 태양이 아버지와 같은 뭔가, 달이 어머니와 같은 뭔가를 상징한다는 생각은 오래전부터 이어져 오고 있습니다. 어느 나라에서도 대체로 태양의 신은 남자, 달의 여신은 여자라는 것도 흥미로운 부분이죠."

태양의 신 호루스. 그러고 보니 사쿠도 남신이라고 알려줬었지. 태양은 아버지와 같은 뭔가……

이래 봬도 나도 아버지인데 말이지. 부모로서의 내 존재감이 너무나도 작아서 부끄러운 마음이 들었다.

방송이 끝난 후 팟캐스트를 닫고 나는 자리에서 일어섰다.

) ☽ ●

아파트로 돌아와 보니 택배 사물함에 물건이 도착해 있었다. 어제 라이프랙에서 주문한 파스다. 주문하는김에 같이 산

영양드링크도 함께였다.

오토바이의 나사를 풀었다가 조였다가를 쉬지 않고 하다 보니 가벼운 건초염에 걸리고 말았다. 지요코가 작업 중에 틈틈이 말을 걸어준 게 잠깐의 휴식시간이 되었는지도 모르겠다. 혼자인 지금은 한번 집중하면 시간을 잊어버리고 만다.

우편함에는 석간과 부재연락표. 담당자 이름은 변함없이 '혼다'다.

집으로 돌아와 편의점에서 산 김 도시락을 먹으며 석간을 펼쳤다. 혼자서 지내는 시간이 늘면서 나는 천천히 신문을 읽었다.

처음에는 주구장창 텔레비전을 봤지만, 내가 뭔가를 중얼거렸을 때 답해주는 지요코가 없다. 화면 너머에서 흘러나오는 시끌벅적한 소리가 오히려 나를 더 쓸쓸하게 했다.

신문지에 쓰인 활자는 담담하게 세상에서 일어난 대소사를 전해준다. 김에 올려진 어느 나라에서 잡은 어떤 생선인지 알 수 없는 튀김을 먹으면서 나는 담담히 얇은 종이를 넘겼다.

문화인 인터뷰 기사에서 눈길이 멈췄다. 극단 호루스라는 글자가 눈에 들어온 것이다.

가미시로 류. 그런 이름을 한 온화한 얼굴의 남성이 미소 짓고 있었다.

나는 나무젓가락을 내려놓고 가방을 부스럭부스럭 뒤져 사쿠에게서 받은 공연 홍보지를 꺼냈다. 거기에도 분명 가미시로 류의 사진이 있었는데. 홍보지 속 사진은 화장을 한 얼굴을 정면으로 비추고 있었지만, 신문에 실린 사진은 화장기 없는 얼굴로 어딘가를 쳐다보고 있었고 평소 모습인 것처럼 자연스러워 보였다. 옷깃 있는 셔츠를 입고 부드러운 표정을 짓고 있다.

사쿠, 자네 대단한걸. 신문에 실리는 단장의 극단에서 주연을 맡다니 말이야.

가미시로 류는 52세였다. 나와 고작 네 살 차이인데도 아직 젊어 보이는 데다 남자인 내가 봐도 매력적으로 느껴졌다.

인터뷰 기사는 극단에 관한 이야기부터 연극에 관한 이야기, 이혼 후 고등학생인 아들과 둘이서 지내고 있다는 이야기까지 쓰여있었다.

아버지와 아들 둘이서만 지내는 건 어떤 기분일까.

사춘기 시절의 아야를 혼자 키워낸다는 건 상상도 할 수 없는 일이었다.

아니지, 가미시로 씨는 아들이라서 다를지도 몰라.

"저는 극본을 쓰기도 하지만, 현실은 정말이지 극본처럼 흘러가진 않죠. 사람끼리는 오히려 떨어졌을 때 서로를 더 이해할 수 있게 되는 경우도 있거든요. 얼마나 사랑하든 간에 상관없이 말이죠."

……멋진 말이군.

예술가 양반들은 하는 말부터가 이렇게 다르다니까.

그런데 이만큼 재능이 있는 사람도 뜻대로 되지 않는 일이 있는 거구나.

얼마나 사랑하던 간에 상관없이 말이죠.

이 말을 보고 가미시로 씨가 헤어진 전 부인을 아지 사랑하고 있을지도 모르겠다는 생각이 들었다. 떨어져 지내보니 서로 이해할 수 있었던 것일까.

"그도 그럴 것이 연극 중에도 예기치 못한 일들은 계속 일어납니다. 배우가 돌연 애드립으로 시나리오에 없는 대사를 치기도 하죠. 그런데 그게 상황과 굉장히 잘 맞아떨어질 때가 있어요. 그럴 때는 화가 나기도 합니다(웃음)."

입이 반쯤 벌어진 것도 모르고 기사를 읽다 보니 휴대전화가 울렸다. 지요코의 전화였다.

"여보세요. 지금 통화할 수 있어?"

"응."

"당신한테 말하는 걸 깜빡했는데 말야, 모레가 아파트 가스 점검일이지 뭐야. 검침원이 집안까지 들어와야 하니까 집에 사람이 있어야 되거든. 3시쯤에 잠시 집에 들를 수 있겠어? 작업은 10분 내로 끝날 텐데, 당신이 깜빡할 것 같아서 걱정이네. 끝나고 전화 한번 넣어줘."

거 참 귀찮은 일을, 하고 생각했지만 입 밖으로는 그 말을 꺼내지 않았다.

지금까지 이런 일을 지요코가 모두 도맡아 해온 것이다.

지요코는 재빨리 말을 이어갔다.

"아아, 그리고 내가 정기배송 받는 화장품이 곧 택배로 도착할 거야. 미안하지만 사물함에 도착하면 그것도 잘 부탁해."

알았다고 대답한 후에 나는 화제를 바꿨다.

"……아야는?"

"지금 씻고 있어."

왜 이런 때만 전화를 걸어오는 건지. 아야가 눈 앞에 있을 때 전화를 걸어서 겸사겸사 바꿔주기도 하면 좋으련만. 혹시 그런 일이 일어날 수 없도록 아야가 미리 피하고 있는 걸까.

딸과 이야기도 나누고 싶은 마음은 있지만, 내가 딸에게 전화를 걸기는 좀 그랬고, 그렇다고 해서 딸이 나에게 전화를 걸어준 적도 없었다.

"있잖아, 오늘 노부히코가 아야랑 나한테 색깔만 다른 가디건을 선물해 준 거 있지? 우리 사위는 센스도 참 좋아."

아, 그러세요. 그런 자랑 같은 이야기는 듣고 싶지 않군요. 그런 마음의 소리도 입 밖으로 꺼내지 못하고 "그랬군" 하고 대답했다. 소외감이 들어 괜시리 무뚝뚝한 대답이 튀어나왔다.

하지만 지요코는 신경도 쓰지 않고 말을 이어갔다.

"아야가 긴 소매를 입는 계절이 와서 다행이래. 여름에는 더워도 밖에서 반팔을 입는 게 싫다네."

"왜?"

"체모가 짙어지는 게 신경이 쓰이나 봐. 임신 중에는 호르몬 변화로 어쩔 수 없는 부분인데 말이야. 나도 그랬고."

"뭘, 체모 같은 것까지 신경을 쓰고 그래."

내가 어이없다는 듯이 말하자 지요코의 말투가 거칠어졌다.

"뭐? 아야는 옛날부터 그게 콤플렉스였잖아. 초등학교 3학년 땐가 당신이 아야 팔에 털이 많다면서 곰이냐고 말하는 바람에 아야가 울고불고 했잖아. 아야는 그게 아직 마음에 남아 있는 모양이더라고."

"그런 옛날 일을 아직도? 집념이 뭐가 그리 강해?"

"사람이 어떻게 그렇게 무뎌, 당신은?"

지요코는 그렇게 말하면서 이번에는 깔깔대며 웃었다.

"그래서 아야는 요즘 어때? 아기는?"

"잘 크고 있어. 성별은 태어날 때까지 병원에 안 물어보기로 했나 봐. 그래도 배를 차는 힘이 엄청난 걸 보면 남자아이일지도 모르겠다고 아야가 그러네."

……아야가 지요코에게는 미주알고주알 다 말하는구나.

아야가 집을 떠난 날을 떠올렸다.

아침부터 지요코는 끊임없이 아야와 수다를 떨었는데 나는 아무 말도 할 수 없었다.

공항까지 배웅을 나갈 준비로 바쁜 지요코에게 나는 급한 일이 있다며 공장으로 출근했다. 결국 먼저 나가는 나를 아야가 현관에서 배웅해 주는 꼴이 됐다.

"건강하게 잘 지내고."

나는 그렇게만 말했다. 그것이 최선이었다. 울음을 참아내기 위한.

아야는 "응"이라고 작은 목소리로 답하더니 시선을 돌리고 말았다.

버진로드를 함께 걷고 싶었지만 그러지 못한 나는 센스 있는 축하의 말 한마디 건네지 못한 채, 아야와 눈맞춤 한 번 제대로 하지 못하고 쓰레기가 널부러진 아스팔트길을 홀로 걸었다.

아이에게 아버지가 태양이라면 분명 나는 그저 이글거리기만 하는 숨 막히는 존재였을 테다. 아야가 내 얼굴을 계속 피하기만 하는 게 그 증거일 테지.

마치 달처럼, 언제나 아야가 바라보고 의지하는 지요코가 나는 가슴 한켠으로 부러웠다.

)) ●

다음 날, 손이 많이 가는 분해정비에 시간이 걸려 늦은 점심식사를 하려던 참이었다.

입구 쪽 형광등 하나가 깜빡깜빡거리며 점멸했다. 저것도 수명이 다 됐구나.

출근하며 사온 주먹밥과 우롱차를 책상 위에 꺼냈다. 손수 차를 끓이는 것도 귀찮아서 음료수는 매번 페트병 음료로 해결하고 있다.

연어뱃살 주먹밥을 입에 넣고 씹다 보니 지난번 그 방송이 생각났다. 아이패드를 열어 팟캐스트 아이콘에 손을 갖다 댔다.

〈달도 끝도 없는 이야기〉.

이거군. 화면 제일 위에 오늘 날짜가 쓰여있다.

"대나무숲에서 들려드립니다. 다케토리 오키나입니다. 가구야 공주는 잘 지내고 있으려나."

방송 일람을 보니 매일 아침 7시에 규칙적으로 방송을 올리고 있는 듯했다. 이걸 매일매일 하고 있다는 사실이 대단하게 느껴졌다.

"가구야 공주는 잘 지내고 있으려나"는 고정 멘트인 듯했지만, 문득 이 사람의 '가구야 공주'는 누구일지가 궁금해졌다. "잘 지내고 있으려나"라고 말하는 걸 보면 가까이에 있지는 않은 듯했다.

내가 아야에게, 지금은 지요코에게도 그렇지만, 다케토리 오키나에게도 떨어져 있는 누군가의 안부를 궁금해하고 있는 걸까. 아니면 그냥 하는 말이려나.

"오늘은 삭입니다. 제가 가장 좋아하는 달도 오늘 밤에는 자취를 감추고 말았습니다. 매일 밤하늘에 달이 떠 있으면 좋겠지만, 사실 한편으로는 삭일 때마다 마음이 편안해지기도 합니다. 참 이상하지요. 근데 그게 왜 그러냐면 말이죠, 달이 보고 싶어서 하늘을 올려다봤을 때 구름에 가려져 보이지 않는다면 울적한 마음이 들 수도 있을 텐데, 처음부터 보이지 않는다는 사실을 알고 있으면 기대조차 하지 않을 수 있거든요."

그리고 나서 잠시 침묵이 흘렀다. 아이패드에 문제가 있어서 접속이 끊어진 게 아닐까 하고 고개를 들자 곧바로 목소리가 다시 흘러나왔다.

"이게 무슨 소리인가 싶으시죠? 근데 아무리 좋아한다 해도 가끔은 그런 휴식과 같은 날이 필요한 게 아닐까 싶습니다."

다케토리 오키나는 그렇게 농담처럼 말하고는 그대로 경쾌한 분위기를 이어갔다.

"삭일에는 작물을 심기 아주 적합하다고 해서 새로운 일을 시작하는 타이밍이라고도 합니다. 새로운 달에 맞춰서 무언가를 시작하는 게 좋다는 생각은 예로부터 전해져 오고 있죠. 하지만 달이 차고 기우는 것에 관심을 가지면서 생각한 일입니다만, 스스로 그렇게 마음을 먹은 게 아니어도 저절로 그런 흐름이 만들어지는 것 같아요. 작은 일이지만 타이밍 좋게 새로운 치약을 쓰게 된다든지, 집 앞에서 처음 본 고양이를 만나게 된다든지. 그걸 뭐 우연이라 말하면 그뿐이겠지만, 우주의 흐름을 타고 있구나 하고 생각하면 뭔가 좀 재밌잖아요."

그후 다케토리 오키나는 일설에 따르면 삭일에는 물고기가 잘 잡힌다는 이야기를 마지막으로 방송을 끝냈다.

문득 사쿠가 아이패드로 인터넷도 할 수 있다고 했던 말이 떠올랐다.

라이프팩에서 형광등을 주문해 보자. 그러고 보니 화장지도 다 떨어졌던데. 사쿠가 알려준 인터넷 앱을 켜서 사이트 이름을 입력하자 순식간에 홈페이지 화면이 나타났다.

하지만 아이패드를 세로로 들고 조작하는 사이에 화면이 갑자기 가로로 바뀌는 알 수 없는 현상이 일어났다. 아이패드를 들고 흔들자 화면이 다시 돌아왔지만, 또 금세 가로로 바뀌는 바람에 불편하기 그지없었다. 어떻게 된 거야, 이거.

결국 아이패드로 주문하는 것을 포기하고 원래 하던 대로 컴퓨터를 사용했다. 형광등, 화장지, 그리고 손세정제도 같이 사둬야겠다. 컴퓨터에서는 또 지지직거리는 소리가 났다.

그때 책상 위에 놓인 사무실 전화기에서 벨소리가 울렸다.

평소라면 지요코가 전화를 받았을 텐데 어쩔 수 없이 내가 수화기를 손에 들었다. 전화를 받는 것은 썩 내키지 않는 일이었다.

"다카바 개러지입니다."

"아……저……노부히코입니다."

그 순간 숨이 턱 막혔다. 노부히코가 전화를 해온 것은 처음 있는 일이었다.

"갑자기 전화 드려 죄송합니다. 사실 오늘 일로 도쿄에 와 있습니다."

"그런가?"

"네……괜찮으시면 지금 잠깐 찾아봬도 될까요?"

나는 수화기를 들고 난처함에 빠졌다.

노부히코가 여기에? 지금? 뭘 그렇게 급하게.

잠깐, 이랬다. 금방 왔다 금방 가려는 거겠지. 그렇다면 말도 안 되는 일도 아닐 것이다.

아마도 지요코가 잠깐 들려서 어떻게 지내는지 보고 와달라고 부탁한 거겠지. 그래서 어쩔 수 없이 오려는 건가.

"……그렇게 하게."

하아, 하고 작은 숨소리가 들렸다.

"그럼 3시쯤에 찾아뵙겠습니다."

"알겠네. 자네, 공장 위치는 알고 있는가?"

"네. 주소로 찾아가겠습니다."

전화기를 끊고 나니 심장이 두근거렸다.

마음을 안정시키려고 우롱차를 마셨다.

휴대전화가 아니라 공장으로 전화를 걸다니, 꼭 남인 것마냥. 뭐, 남은 남이지만.

그렇게 불만 가득한 심정으로 페트병 뚜껑을 닫다가 어떤 생각이 문득 떠올랐다.

……아니구나.

나는 노부히코에게 휴대전화 번호를 알려준 적이 없었다. 그럴 계기가 없었던 것이다.

하지만 그건 그렇다쳐도 "잠깐"이라니. 젊은 사람이 애교가 없군.

찾아오려면 제대로 계획을 해서 미리 연락을 줬으면 좋았을 것을. 그러면 나도 시간을 내서 술이라도 한잔 샀을 게 아닌가.

아니다, 그건 아니지. 내가 그렇게 하고 싶을 리가. 딱 한 시간만이라고 해도 당최 무슨 이야기를 하면 좋으려나. 모순덩어리인 나를 내 스스로도 이해할 수 없었다.

결국 나는 노부히코가 무슨 이야기를 한다 한들, 뭔 짓을 한다 한들 그냥 마음에 들지 않는 것인지도 모르겠다.

……혹시.

도쿄 출장에 왔다는 것은 핑계고, 뭔가 중대한 소식이라도 있는 게 아닐까.

나는 주먹밥이 더 이상 목으로 넘어가지 않았고, 일도 손에 잡히지 않아서 안절부절하며 몇 번이고 시계를 확인했다.

정확히 3시에 나타난 노부히코가 형광등이 깜빡거리는 입구에 서서 쭈뼛쭈뼛 얼굴을 내밀었다.

"……안녕하세요."

작은 목소리하고는.

사쿠와는 너무 달라. 좀 더 박력 있게 들어오란 말일세.

나는 "어" 하고 가볍게 대답하며 노부히코를 안으로 안내

했다. 정장 차림의 노부히코는 주변을 두리번거리며 작업장 안으로 들어왔다.

볼품없는 공장이라 생각하겠지.

뭐 그렇지 않겠어? 대기업 본사에 다니는 노부히코에게는 불면 쓰러지는 구멍가게 같은 직장처럼 보이겠지. 꽤나 놀랐겠구만.

"이거 받으세요. 규슈 토산품입니다."

노부히코가 작은 종이봉투를 건넸다.

"뭘 이런 걸 다."

안을 들여다보니 작은 플라스틱 병이 들어있었다. 내용물은 검은 액체로, 병에는 원 안에 '宮'이라는 한자가 새겨져있는 로고가 보였다.

"후쿠오카 간장입니다."

"아……그런가."

간장. 무슨 선물이든 상관없지만 간장이라니.

후쿠오카 토산품이라 하면 명란젓이나 도오리몬(흰 앙금에 버터와 우유 등을 섞어 만든 만쥬 - 옮긴이)처럼 다른 유명한 것도 많을 텐데. 나는 괜히 심술이 나 가시돋힌 말투로 말했다.

"근데 난 뭐 요리도 안 하니까. 지요코가 돌아오면 써보라고 하겠네."

"아니면……사시미를 드시거나 할 때."

나는 "그것도 좋겠군" 하고 뾰루퉁하게 대답하면서 종이봉투를 책상 끝에 내려두었다. 문득 조금 전까지 쓰던 아이패드가 눈에 들어왔다.

그러고 보니 노부히코 직업이 SE라고 했던가. 이런 기계 쪽을 잘 알겠군.

"저기 말일세. 이게 화면이 세로가 됐다가 가로가 됐다가 하는데 말이지, 고장이 난 겐가?"

노부히코는 아무 말 없이 아이패드를 손에 들고 오른쪽 끝에 손을 갖다 대고 화면을 아래로 내렸다.

그러자 여러 모양의 마크가 나타났다. 비행기, 카메라, 손전등 같은 것들. 그중에 어떤 자물쇠 같은 모양의 마크를 노부히코는 살짝 건드렸다. 갑자기 색이 하얗게 변했다.

"잠금을 해놔서 이제 화면이 바뀌지 않을 겁니다."

"나중에 가로로 하고 싶을 때는 어떻게 해야 하나?"

"아까 보신 그 아이콘을 다시 한 번 누르시면 됩니다."

설명서를 읽는 것 같은 차가움을 느끼며 나는 아이패드를 돌려받았다.

노부히코가 컴퓨터를 쳐다보고 있다. 소리가 거슬리는 걸까.

"요즘 이게 지지직 소리가 나서 영 시끄러워."

"……제가 잠깐 살펴봐도 되겠습니까?"

노부히코는 뭔가에 이끌린 듯한 표정으로 컴퓨터 앞에 앉았다.

아무말 없이 이것저것 눌러 확인하더니 노부히코는 "최적화로 해결될 것 같은데"라고 말했다. 나에게 하는 말이 아닌 혼잣말인 듯했다.

"최적화?"

"아마 하드디스크 드라이브 용량이 부족해서 그런 것 같아요. 최적화라고 해서 데이터를 정리해서 제대로 배치만 하면 불안정했던 작동이 안정되기도 하거든요. 한번 해보겠습니다."

무슨 말을 하는 건지 전혀 알 수 없었지만, 이렇게 거침없이 말하는 노부히코의 모습은 처음이라 새로웠다.

나는 책상 옆에 놓인 파이프의자에 앉아 남일인 것처럼 상황을 지켜보고 있었다.

이래저래 키보드를 누르고 마우스를 움직이며 노부히코는 한동안 말없이 작업을 이어갔다. 그리고 키보드에서 손을 뗀 그 순간에 지지직하는 소음이 멈췄다.

노부히코가 작은 목소리로 "됐다" 하고 말했다. 입꼬리가 위를 향해 있었다.

"아마 이제 소리도 안 나고 작동도 전보다 빠를 겁니다."

"고, 고맙네."

큰 도움이 됐다.

도움은 됐다만.

그후로 우리 둘은 서로 아무 말 없이 대화를 제대로 이어가지도 못하고 몇 번이나 어색한 적막이 감돌았다.

아야는 잘 지내느냐는 내 질문에 노부히코는 "네"라고 짧게 답했고, "일은 바쁘세요?"라는 노부히코의 질문에 나는 "뭐 그렇지"라는 대답밖에 하지 못했다.

뭔가 중요한 이야기가 있는 게 아닐까라는 걱정은 기우에 불과했던 모양으로, 노부히코가 여기에 온 의도를 당최 알 수 없었다.

그렇지, 야구다. 그 이야기는 이제껏 해본 적이 없었다.

"자네, 근데 야구에서 응원하는 구단은 있나?"

"응원은 딱히……."

"그, 그렇군."

대화 종료.

나는 주변을 둘러봤다. 화젯거리가 뭔가 없으려나. 책상 끝에 놓인 메모가 눈에 들어왔다.

그래, 이거다.

"최근에 안 사실인데 말이지, 태양과 달은 크기가 전혀 다른데도 지구에서 보면 똑같이 보이지 않는가. 그 이유를 자네는 아는가?"

내가 엄청난 사실을 알려주려고 하는데 노부히코는 표정 하나 없는 얼굴로 이렇게 답했다.

"달과 태양의 크기와 지구에서의 거리의 비율이 같아서일까요?"

"……뭐, 그런 거지."

쳇, 머리가 좋은 녀석은 재미가 없구만. 나는 분통을 터뜨리며 말을 이어갔다.

"태양이 달의 400배만큼 크고 지구에서의 거리도 400배만큼 떨어져 있는 우연의 일치라고 하더군."

"그렇군요. 400배."

노부히코는 진지한 얼굴로 고개를 끄덕였다.

그런 싱거운 반응이 아니라 "우와!"라던가 그런 반응을 보여주면 나도 신이 나련만.

"천체 이야기에 박식하시네요."

대화를 이어가려고 노력하는 노부히코의 모습에 나도 어떻게든 말을 쥐어짜냈다.

"그건 아니고, 달을 좋아하는 사람이 하는 말을 최근에 어쩌다 들었어."

노부히코는 안경을 슬쩍 밀어올렸다.

"예전부터 궁금하긴 했는데요."

"응?"

"달을 달님, 태양을 해님이라고 부르곤 하는데 다른 행성은 다 뭉뚱거려서 별님이라고 하잖아요. 목성님이나 금성님 같은 말은 왜 없는 걸까요?"

"……그건 나도 모르지."

정말 알 수 없는 사내다. 그런 것이 전부터 궁금했다니.

"어쩌면 신격화같은 걸지도 모르겠어요."

"신격화?"

"어쩌면 신처럼 생각하는 게 아닐까요. 다른 별은 하나로 뭉뚱거릴 수 있어도 태양과 달은 사람들에게 특별한 힘을 가진 신과 같은 커다란 존재여서, 그래서 소원을 빌거나 하는 건지도 모르겠다는 생각이 들어요."

거기까지 말하고 노부히코는 손목시계를 슬쩍 확인했다.

이제 가고 싶기도 하겠지. 나는 될 대로 되라는 식으로 답했다.

"나는 신이라고는 생각하지 않네. 소원을 빌지도 않아. 해님이라고 말할 때는 친근함을 표현하기 위해서지. 큰 존재라기보다 가까운 존재로 느껴서 말이야. 그리고 또 평소 가져다주

해님   159

는 은혜에 대한 감사의 마음도 있고."

그리고 나는 파이프의자에서 힘껏 일어섰다. 이제 돌아가도 된다는 듯이.

내 의도를 알아챈 듯 노부히코도 자리에서 일어났다.

"바쁘신데 시간을 내주셔서 감사합니다."

비쩍 마른 몸을 반으로 접어 노부히코가 인사를 했다.

이 녀석이 돌아가는 곳에는 아야가 있겠군, 앞으로도 쭈욱.

아야가 함께 살 때는 아무 연락 없이 늦게 들어오는 날마다 걱정을 놓을 수가 없었다. 사고라도 일어난 게 아닐까, 나쁜 놈들에게 무슨 일이라도 당한 건 아닐까. 그런 무서운 상상을 멈출 수가 없었다.

하지만 지금은 나에게 있어 아야는 '보이지 않는 달'이다.

내가 일을 하고 돌아가도 집에 아야는 없고, 아야가 "왔어요" 하고 현관문을 열고 들어오는 일도 없다는 것을 알고 있다. 내 눈이 닿지 않는 곳에 틀림없이 존재하고 있음을 알려 줄 뿐.

그런 의미에서는 쓸데없는 걱정도 기대도 하지 않을 수 있으니 다케토리 오키나의 말대로 "편안한 마음"으로 있을 수 있는 건지도 모르겠다.

그렇지만…….

묵직해 보이는 비즈니스 가방을 손에 들고 노부히코가 입구로 향했다. 뒷모습은 어딘지 모르게 쓸쓸해 보였고, 목도 손가락도 가늘고 희멀건했다.

괜시리 짜증이 불쑥 치밀었다.

"자네는 왜 그렇게 말랐나?"

노부히코가 뒤를 돌아봤다.

"나와는 너무 다르구만. 내 손은 이렇게 거친데 말일세."

손으로 햇빛을 가리며 그렇게 말하고는 비꼬는 듯한 내 말투에 깜짝 놀랐다.

그런 허우대로 한 가정의 가장 노릇을 할 수 있겠냐고. 너 같은 자식한테는 조막만해 보일지 모를 이 공장에서 죽을힘을 다해서 일해 아야를 키워낸 강건한 나를 보라고.

노부히코는 아무 말도 하지 않고 애매한 웃음을 지었다.

그 모습을 보고 나는 뭔가 안타까운 마음이 들어 손을 내리며 억지로 웃어 보였다.

"뭐 다른 게 당연한 거지. 내가 자네 아버지는 아니니까."

"……아버지 맞으세요."

깜짝 놀라 얼굴을 들자 노부히코는 다시 한 번 힘을 주어 말했다.

"제 아버지 맞으십니다."

나는 아무 대답도 하지 못하고 그저 말없이 서 있었다.

노부히코가 나에게 인사를 하고 공장을 떠날 때까지.

　　　　　　　　） 　） 　●

다음 날, 오후부터 비가 내렸다.

아침부터 날씨가 흐리긴 했지만, 이렇게까지 비가 퍼부을 줄은 몰랐다. 오늘은 가스 점검이 있는 날이어서 오후 3시에는 집에 한 번 들려야 한다. 공장에서 작업 중에도 몇 번이나 밖을 내다봤지만, 비가 멈추기는커녕 더욱 세차게 오는 듯했다.

우산을 들고나오는 것을 깜빡했다. 책상 서랍에 지요코의 접이식 우산이 들어있었지만 펼쳐보니 너무 작았다. 바람도 세차게 불어치고 있어서 우산을 쓴 보람도 없이 아파트에 도착했을 때는 옷이 흠뻑 젖어있었다.

현관에서 카드키를 갖다 대자 택배 램프에 불이 들어왔다.

사물함 패널을 확인하자 도착한 물건은 2개였다. 5번과 7번.

버튼을 눌러 먼저 5번 사물함 문을 열었다. 작은 상자에 든 것은 지요코의 화장품이다. 상자가 비에 젖어있었다. 날씨가 이래서 어쩔 수 없었을 테다.

다른 하나는 7번. 이쪽에는 화장지와 형광등, 손세정제가 들어있겠지.

큰 사물함 문을 열고 내용물을 확인한 나는 숨을 들이 삼
켰다. 익숙한 라이프랙 상자는 비에 젖은 곳 없이 말끔했다.
빗방울 하나 튀기지 않았다.

나는 조심히 상자를 꺼냈다. 비에 젖은 내 손으로 상자를
건드리는 게 미안할 정도였다.

우편함에는 두 장의 부재연락표가 들어있었다.

화장품을 배달한 하야시마 택배와 매일 이용하는 미쓰바
택배. 미쓰바 택배의 담당자는……혼다였다.

나는 상자 두 개를 끌어안고 엘리베이터에 올라탔다. 집에
도착한 후에 나는 식탁 위에 상자를 올려놓았다.

두 장의 연락표를 비교해 보니 배달시간은 5분 차였다.

"……혼다."

나는 얼굴을 본 적 없는 혼다를 머릿속에 떠올렸다.

자넨 도대체 이걸 어떻게 들고 온 건가. 이 정도 크기의 상
자라면 두 손으로 들었어야 할 텐데. 그럼 우산을 쓸 수 없었
을 테고. 어쩌면 크기와 무게를 보고 화장지인 것을 눈치챘을
지도 모른다. 젖으면 안 되는 물건이라고. 상자에 빗물이 튀기
는 정도는 아무 문제 없는데도.

아니 이 혼다라는 사람에게는 내용물이 뭐든 상관없었겠지.

손님에게 배달해야 할 소중한 물건이라는 생각만 했을 테다.

자신의 공을 드러내지 않고 묵묵히 맡은 일을 하는 배달원의 마음을 생각하니 가슴에서 뜨거운 것이 치밀어 올랐다.

프로구나 혼다, 자네를 칭찬해 주고 싶네. 항상 고마워. 앞으로도 어쩌면 만날 일이 없을지도 모르겠지만.

가스 검침이 끝난 후에 나는 지요코에게 전화를 걸었다.

지시받은 대로 검침을 마쳤다는 것과 화장품이 두착했다는 사실을 전달했다. 평소와 다를 것 없이 대답하던 지요코는 갑자기 흥분한 듯한 목소리로 말했다.

"그것보다 이야기 들었어. 어제 노부히코가 공장에 들렀다며?"

"뭐?"

"아냐?"

나는 당황했다.

"당신이 어떻게 지내는지 보고 오라고 한 거 아니었어?"

"그럴 리가. 당일치기라고 그러는데 그런 부탁까지 하면 너무 미안하잖아. 공장에 들릴 만한 여유가 없었을 텐데."

"안 그래도 한 시간 정도 있다가 돌아갔어. 갑자기 잠깐 들려도 되냐고 해서 깜짝 놀랐다니까."

"일을 빨리 처리해서 어떻게 시간을 낸 게 아닐까? 시간 약속을 하고 못 들리면 미안하니까. 확실하게 갈 시간이 생겼을 때 연락한 걸 거야."

지요코의 지시가 아니라 노부히코의 의지였던 것인가.

"공장에서 크게 감동했나 봐. 아버지와 어머니가 만든 신성한 장소라고 생각했습니다, 라고 하더라고. 또 아버지와 우주에 관한 이야기도 많이 할 수 있어서 즐거웠습니다, 라고 하던데? 무슨 우주 이야기? 아야도 깜짝 놀라더라."

……즐거웠구나.

왜 나한테는 솔직히 이야기하지 않은 겐가.

"아니 난 갑자기 무슨 이야기를 하면 좋을지 몰라서……. 아, 그리고 선물로 간장을 주던데."

"간장? 혹시 미야마루 꺼 말이야? 그거 사시미에 잘 어울리는 간장으로 유명한 거야. 규슈 간장이 달아서 날생선의 풍미를 더 잘 살려준다고 하더라고. 규슈 간장 중에서도 특히 걸쭉한 편이라 맛이 특별해. 당신이 사시미를 좋아한다고 말했더니 노부히코가 꼭 당신이 그 간장을 먹어봤으면 하더라고."

……그건 뭐지? 그건 무슨 뜻인 거지?

그러고 보니 "사시미에…"라고 말했었지. 내가 대화를 끊어버렸다만.

그렇구나, 하고 싶은 말을 내가 하지 못하게 한 거군. 지요코처럼 이야기에 귀 기울여주지 못했어.

그건 말주변이 없는 노부히코의 최선……

아무 대답 없는 나를 신경쓰지 않고 지요코는 자신이 할 말을 이어갔다.

"그런데 미야마루 가게가 너무 멀어. 슈퍼에서도 안 파는데 인터넷 판매도 안 해. 노부히코가 일부러 그 멀리까지 가서 직접 사온 걸 거야."

그런데도 생색 하나 내지 않고 그저 맛있는 것을 내가 먹어봤으면 하는 마음만으로?

젖지 않은 상자. 혼다의 말 없는 배려와 같다.

나는…….

나는 노부히코의 마음을 진지하게 상상하고 이해해 보려고 한 적이 있었던가.

오토바이를 만지며 이런저런 생각을 하듯 그에 대해 생각해 보려 한 적이 있었던가. 나와는 전혀 다른 사람이라 어디 하나 맞는 구석이 없다며 처음부터 밀어내려 하지 않았던가. 내 시나리오대로 움직이지 않는다며 심통이 나서는.

점검 중이던 컴퓨터 앞에 앉아 작은 목소리로 "됐다"라고 말하며 미소 짓던 노부히코를 떠올렸다. 움직이지 않는 오토바이의 엔진 시동이 켜졌을 때의 나처럼.

사람들 중에는 진심을 잘 전할 수 없어서 아무 말 없는 기계에 많은 애정을 쏟는……

그렇구나, 이제 알았다. 아니, 알고 있었지만 인정하고 싶지 않았던 걸지도 모르겠지만.

닮았구나, 나와.

후우, 하고 한숨을 내쉬자 지요코가 "무슨 일 있수?"라고 물었다.

"아니야. 어제 컴퓨터를 고쳐줘서 고맙다고 노부히코한테 전해줘."

어제는 삭이었다고 다케토리 오키나가 말했었지.

새로운 일을 시작할 타이밍. 스스로 그렇게 마음먹은 게 아니어도 저절로 그런 흐름이 만들어지는 것 같다고.

노부히코와의 새로운 관계를 시작할 때일지도 모르겠군.

우주의 흐름을 타서 말주변이 없는 사람들끼리, 조금씩 조금씩……

지요코와의 전화를 끊었다.

비는 아직 주룩주룩 내리고 있다. 오늘은 일이 끝난 후에 역 앞 슈퍼까지 가서 사시미를 사오자. 나는 그렇게 마음먹고 아파트 밖으로 나와 하늘을 향해 큼직한 우산을 펼쳤다.

　　　　　　　） 　） 　●

　밤에 막 잠이 들려고 했을 때 휴대전화로 지요코의 메시지가 도착한 것은 이틀 후였다.

　"자고 있는 데 깨운 거면 미안. 출산예정일보다 빨리 진통이 시작됐어. 지금 병원으로 가려고. 아침까지 시간이 걸릴 것 같으니까 내일 다시 연락할게."

　나는 "우와" 하는 감탄소리와 함께 이불을 걷어내며 몸을 일으켰다. 이런 상황에 잠을 잘 수가 있나.

　"내일 다시"가 아니라 그때그때 연락을 주란 말이야.

　나는 곧장 지요코에게 전화를 걸었지만, 발신음만 울릴 뿐 전화를 받지 않았다. 가방 속에 휴대폰을 넣어놓은 채 허둥지둥하고 있을 테지.

　"안 자고 깨어 있어."

　그렇게만 답장을 보내놓고 나는 거실로 향했다.

　전등불을 켜고 거실을 왔다갔다 하다가 일단 물을 한잔 들이켰다. 무엇을 하면서 기다리면 좋을지 몰라 소파에 기대앉았다. 한 시간 정도 꾸벅꾸벅 졸다 보니 휴대전화가 울렸다.

　화면에 "아야"라고 이름이 떠서 나는 깜짝 놀라 잠에서 깼다.

　"너, 지금 산통 중일 거 아니냐!"

"어, 맞아. 지금은 휴식 중이라고 해야 하나? 믿을 수 없을 만큼 아프다가 믿을 수 없을 만큼 아무렇지 않다가 그러네. 지금은 안 아픈 타이밍이야."

"그렇다고 이렇게 전화를 해도 되는 거냐?"

"뭐⋯⋯. 아빠가 아직 깨 있다고 엄마가 그래서. 저기 말야, 나 아빠한테 하고 싶은 말이 있어."

나는 어깨가 움츠러들었다. 하고 싶은 말?

내가 또 무슨 잘못을 했으려나.

그래, 그날 노부히코한테 핀잔을 준 일 때문이구나.

휴대폰을 쥔 손에 땀이 찼고, 그래서 더욱 마음이 요동쳤다.

아야는 차분한 목소리로 말했다.

"엄마한테 들었어. 내 몸이 안 좋은 걸 알고 바로 엄마한테 후쿠오카에 가주라고 말했다며? 집안일도 공장 일도 걱정하지 말고 아야를 옆에서 돌봐주라고. 아빠도 갑자기 혼자 지내게 되면서 어려운 부분이 있었을 거라는 건 나도 이제 알아."

지요코는 일정을 앞당겨 후쿠오카로 가는 일을 고민하고 있었다. 아직 여유가 있다고 생각해서 집안일도 공장 일도 나혼자 할 수 있을 만큼의 준비를 마치지 못한 상황이었다.

그런 지요코에게 내가 먼저 "오늘 바로 가. 지금 바로"라며 억지를 부렸다. "아야 상태가 조금 괜찮아졌나 봐"라는 지요코의 말에도 않으나 서나 아야 걱정뿐이었다.

"엄마가 와준 게 정말 큰 도움이 됐어. 노부히코 씨도 잘 해주지만 일을 더 힘내서 해야 할 때라 나를 응원해 주는 마음이긴 한데 그렇다고 주변에 친구가 있는 것도 아니고, 새로운 곳에 적응하는 일도 쉽지 않은데다 빈혈 때문에 어지럽지, 점점 더 불안하지……. 그땐 몸도 몸이지만 정신 건강이 제일 안 좋았던 것 같아. 출산 후에 견딜 수 있을까, 무사히 낳을 수 있을까 하는 걱정이 날이 갈수록 커지기도 했고 무엇보다 내가 엄마가 된다는 게 너무 무섭더라고."

결혼할게요.

임신했어.

그날의 똑 부러진 말투는 허세였던 건지도 모르겠다. 의연한 표정 뒤에서 아야가 얼마나 떨었을지를 생각했다. 갑옷을 걸친 것처럼 센 척을 해보였지만 그 속에서 연약한 몸을 얼마나 떨었을지.

"근데 진통이 시작됐을 때는, 그래 와봐! 하는 생각이 들었어. 기쁘더라고. 이제 곧 만날 수 있다는 거니까. 지금까지 내 배 속에 있던 아이랑 말이야. 엄마가 옆에 없었으면 이렇게 여유로운 마음으로 오늘을 맞이할 수 없었을지도 몰라. 그래서 물론 엄마한테도 엄청 감사하지만……."

아야는 잠시 숨을 고른 후 천천히 다시 말을 이어갔다.

"그보다 먼저 아빠한테 고마워."

아야의 말에 어떤 대답도 할 수 없어서 나는 수화기 너머에서 고개를 몇 번이나 끄덕였다. 그래. 그래. 코가 찡하게 아파왔다.

그리고 아야는 자신 있는 말투로 말했다. 스스로에게 약속을 하는 듯이.

"나 잘할 거야. 잘 낳고, 좋은 엄마가 될 거야."

눈물이 멈추지 않았다.

아야, 초등학생 때 네게 곰 같다고 한 것은 말이다, 아기곰같이 귀여워서 한 말이었다.

너는 그때 살이 찐 게 신경이 쓰였을지도 모르겠다만, 포동포동한 모습이 귀여워서 꼭 끌어안고 싶었단다. 그때는 이미 아빠와 손도 잡지 않을 때였지만 말이다.

나는 코를 훌쩍거리며 말했다.

"괜찮아. 이미 잘하고 있잖니. 아야는 지금도 좋은 엄마야."

그렇잖니. 가본 적도 없는 낯선 곳에서 배 속에 아이와 함께 여기까지 잘 해내 왔잖아. 불안감도 두려움도 다 이겨내고 이제 곧 만날 수 있다고 이렇게나 기뻐하고 있잖니.

나는 옆에 있어도 아무것도 해줄 수 없었을지도 모른다. 무엇을 어떻게 해야 할지 아무리 생각해도 알 수가 없다. 앞으로도 무신경한 말들로 아야의 화를 북돋을지도 모르겠다.

그래도 이것만은 잊지 않았으면 좋겠다. 나는 언제나 마음을 뜨겁게 불사르며 너를, 너희들을 생각하고 있다는 것을.

나는 멀리서나마 너희를 밝혀줄게. 해님처럼.

아야와의 전화를 끊고 나서 나는 한바탕 눈물을 쏟아냈다. 그러고는 기분 좋은 피로감에 젖어 소파에서 잠들고 말았다. 아침에 울린 벨소리에 눈을 떠 허둥지둥 전화를 받았더니 수화기 저편에서 지요코의 들뜬 목소리가 들렸다.

"태어났어. 여자아이야. 아야도 아기도 건강해!"

온몸에 힘이 풀리고 말았다.

머리에서 발끝까지 안도감과 기쁨이 파도처럼 밀려들었다.

됐다, 잘했다. 아야, 정말 고생했구나.

"지금 하는 일을 마무리하고 당신도 와서 축하해 줘."

"그래."

나도 이제 어엿한 할아버지다. 나야말로 오키나지. 오토바이수리 오키나.

다음 순간 깡마른 안경잡이의 얼굴이 떠올랐다. 나는 볼을 부풀렸다.

노부히코도 이제 시작이군. 딸자식을 가진 아비로서의 삶이. 가까운 선배로서 알려주고 싶네. 정말 쉽지 않다고. 걱정이 끊이지 않고, 외로운 마음이 들 때도 분명 있을 거라고.

그렇지만 말야, 이게 또 상상보다 훨씬 좋을걸세. 흥겹고 즐겁고 사랑스럽고…….

"후쿠오카에 빨리 온 게 얼마나 다행인지 몰라. 처음 계획대로라면 아직 도쿄에 있었을 텐데."

지요코는 안도했고, 나도 동의했다.

"그래. 아야가 당신한테 터놓고 도움을 요청해서 얼마나 다행인지."

내가 그렇게 말하자 지요코는 잠시 뜸을 들이다 고백하듯 말했다.

"쟤는 아무 말도 안 해, 자기 입으로는. 누굴 닮았는지 고집쟁이에 자존심만 세서. 후쿠오카로 이사한 날만 해도 당신이 집을 나서자마자 눈물을 펑펑 쏟았다니까. 아야가 절대로 비밀이라 해서 말은 안 했지만."

"……뭐?"

당시를 떠올리며 웃던 지요코가 말했다.

"아야의 상태를 알려준 건 노부히코였어. 아야가 딱히 불평이나 불만을 말한 적은 없지만 힘들게 버티고 있는 게 느껴진다고 말이야. 자기한테 들었다고는 말하지 말고 전화로 넌지시 물어봐 주면 안 되겠냐고 하더라고. 그래도 내가 이렇게 일정을 앞당겨서 후쿠오카로 올지는 몰랐나 봐."

노부히코가…… 속마음을 잘 드러내지 않는 아야의 생각을 눈치채고, 이해하고, 또 직접 나서줬구나.

나는 깊은 한숨을 쉬었다.

이제 나는 진심으로 두 사람을 인정했다. 노부히코라면 아야를 맡길 수 있겠다.

……아니, 처음부터 내가 허락 같은 것을 할 처지가 아니었던 것이다.

그냥 아야가, 두 사람이, 배 속의 아이가, 행복하기만 하면 되는 일이었다. 순서가 어찌됐든 간에.

지요코는 목소리를 더 높여 말했다.

"여튼 얼마 동안은 여기에 더 남아서 아야와 아기를 도와야겠지만, 사위가 내가 빨리 온만큼 일찍 당신 곁에 돌아갈 수 있도록 같이 열심히 노력하겠다고 하더라니까."

결국 지요코는 노부히코와 내 사이를 왔다갔다 할 생각인 건가. 뭐야…….

어느새 나와 노부히코 사이에서 시작했던 거로군. 달의 캐치볼을.

가슴 속에 묘하게 흡족한 마음이 가득찼다.

내 시나리오에는 이렇게 흡족한 일은 쓰여있지 않았다.

미야마루 간장을 사시미에 찍어 먹었더니 감탄이 흘러나올 만큼 맛있었다는 일도.

한번 사라졌다고 생각했던 달이 새로운 시간을 가져와 키워나간다.

그렇게 반복된 날들을 우리는 함께 살아간다.

들릴지 어떨지 알 수 없는 작은 목소리로 나는 이렇게 중얼거렸다. 다정하게.

"고마워, 지요코 님."

내 달의 여신은 "갑자기 왜 그런데, 소원이라도 있수?"라고 말하며 큭큭 하고 웃음을 멈추지 못했다.

4

바
다
거
북

외롭다는 생각을 하지 않는 가장 좋은 방법은 사람들과 관계를 갖지 않는 것이다.

그 사실을 깨닫고부터 마음이 무척 편해졌다.

콤비라고 해서 상대가 사람이어야 하는 건 아니니까.

올여름에 그런 생각을 하게 해준 운명의 스쿠터를 만난 나는 운이 좋은 편인 듯하다.

중고로 산 그 스쿠터는 여기저기 헐어있었고 흙이 묻어있었다. 그런데도 숨길 수 없는 기품이란 것이 느껴졌고, 짙은 푸른빛 차체를 날카로운 손톱으로 긁은 듯한 세 줄의 상처는 마치 바람이 휘날리고 있는 듯 보였다.

밤바람.

스쿠터에 올라타자마자 너무 익숙한 느낌이 들어 곧바로 이건 내 스쿠터라는 생각이 들었다.

나는 밤바람과 함께라면 어디로든 갈 수 있을 것이다.

해가 없는 어둠 속을 달릴 수도 있고 정처 없이 긴 여행을 떠날 수도 있을 것이다.

"대나무숲에서 들려드립니다. 다케토리 오키나입니다. 가구야 공주는 잘 지내고 있으려나."

매일 아침 7시 정각에 시작되는 팟캐스트 방송을 들으며 나갈 채비를 하는 것으로 나는 일과를 시작한다.

고등학교 교복으로는 이미 갈아입은 후였다.

밥통에 남아 있는 밥으로 두 개의 주먹밥을 만들었다. 주먹밥 속에는 냉장고에 있는 우메보시와 다시마 쓰쿠다니(해산물이나 채소를 간장과 설탕으로 졸인 달고 짭쪼름한 반찬 – 옮긴이)를 넣었다. 언제나 다를 바 없는 도시락이다. 어차피 혼자 먹을 도시락이라 이쁘고 말고 할 것도 없다.

랩에 둘둘만 후에 다시 한 번 알루미늄호일로 감싸 통학용 가방에 두 개의 주먹밥을 쑤셔 넣었다. 준비 끝.

다음으로 아까 살짝 덜어둔 밥을 다시 랩 위에 올려놓고 소금을 뿌렸다. 그리고 밥을 랩으로 가볍게 싸서 아침식사를 해결했다. 이렇게 하면 설거지 거리가 나오지 않아서 좋다.

"오늘은 보름달입니다."

다케토리 오키나가 평소보다 살짝 들뜬 목소리로 말했다.

"조수간만의 차가 생물의 탄생과 관계가 있다는 이야기는 오래전부터 전해져 오는 이야기이죠. 이를테면 보름달이 뜨는 날이 가까워지면 산호들이 일제히 알을 낳는 것은 조금이라도 멀리 알을 퍼뜨리기 위한 노력이라는 설이 있지요."

이해하기 쉬운 과학 선생님 같은 말투로 다케토리 오키나는 말했다.

"바다거북도 보름달에 알을 부화하는 경우가 많다고 합니다. 모래사장에서 태어난 아기 바다거북은 달빛에 의지해서 바다를 향해 걸어나가는 것이죠."

그러고 보니 밤이 되면 해변은 새까맣게 변해서 조명이랄 것은 달밖에 없을 것이다.

나는 한밤중의 해변을 떠올려보았다. 마치 보름달같이 새하얗고 동그란 알로부터 태어나는 생명. 달빛에 빛나는 해변가를 뒤뚱뒤뚱 걸어가는 수많은 작디작은 바다거북.

"그런데 저는 말이죠, 그런 생각을 합니다. 보름달이 뜨는 날의 날씨가 항상 맑다는 보장은 없잖아요. 날이 흐려서 달이 보이지 않는 날에 아기 바다거북들은 어떻게 할까요? 비라도 내리는 날이면 모래가 무거워서 고생할 텐데요. 비가 갤 때까지 태어나지 않고 기다리는 경우도 있을까요?"

소금주먹밥을 입안으로 털어 넣으며 나도 함께 생각해 봤다.

밝을 거라고 생각했던 곳에서 막상 태어나보니 주변이 암흑인데다 비까지……. 하늘에서 빛을 비춰줄 거라 생각했던 달은 온데간데없이 보이지 않고.

"그래서 보름달이 뜨는 날에 밤하늘이 밝게 빛나면 저는 조금 마음이 놓여요. 반짝반짝 빛나는 파도와 건조한 모래가 아기 바다거북을 도와줄 거라는 생각이 들거든요."

참 따뜻한 사람이야.

나는 아무렇게나 움켜쥔 랩을 쓰레기통에 버리고는 스마트폰을 손에 들고 세면대로 향했다.

〈달도 끝도 없는 이야기〉는 퐁 시게타로라는 개그맨이 트위터에서 재미있다고 소개했던 팟캐스트다.

스마트폰에 다운로드 해둔 스포티파이 앱이 팟캐스트와 연동된다는 사실을 알고 찾아 듣게 됐다.

퐁 시게타로는 분명 잘나가는 개그맨은 아니다. 하지만 데뷔한 지는 그럭저럭 오래된 듯하다.

내가 초등학생일 때 집 근처 쇼핑센터의 옥상에서 크리스마스 이벤트가 열린 적이 있었다. 산타클로스가 과자를 나눠

주고, 거리예술가가 저글링을 선보이고, 그 지역을 거점으로 활동하는 가수가 노래를 부르고 하는 것을 누구나 무료로 구경할 수 있는 이벤트였다.

당시 퐁 시게타로는 퐁사쿠라는 만담 콤비로 활동 중이었고, 그때 그 이벤트에서 사회를 맡았다. 콤비 중에 '사쿠' 쪽은 잘생긴 얼굴이었던 것으로 기억하지만 딱히 인상에 남아있지는 않다.

사회를 보면서 대사를 주거니 받거니 했던 두 사람은 사쿠의 보케에 퐁이 츳코미를 넣는 식의 개그를 선보였다. 사쿠는 똑똑해 보이는 말투로 얼토당토않은 이야기를 했고, 퐁이 호기롭게 사쿠의 실수를 지적했다.

퐁은 공격적인 태도로 임했지만, 무대를 보다 보니 어쩌면 겁이 많고 성실한 사람일지도 모르겠다는 생각이 들었다. 뭐랄까, 그는 온 힘을 다하고 있었다. 모든 순간에 항상. 잠깐의 실수로 찰나에 무너져버릴 젠가에 사방이 둘러싸여 있는 듯한, 무서울 만큼의 긴장감과 집중력이 그에게서 느껴졌다. 자기가 해야 할 일을 잘 해내기 위해 노력하고 있는 게 느껴져서 초등학생인 나에게조차 어떤 울림을 주었다.

내가 그날의 일을 세세하게 기억하고 있는 건 내 옆에 아빠가 있었기 때문일지도 모르겠다.

그 당시에는 아빠가 집을 비우는 일이 잦았다. 그래서 그 이벤트는 아빠와 엄마와 내가 셋이 함께 외출한 몇 없는 추억 가운데 하나였다.

다케토리 오키나의 목소리를 들으며 나는 이를 닦았다. 거울에 비친 내 모습은 오늘도 기분이 언짢아 보여서 내가 보기에도 참 별로였다. 최근 몇 년 사이 생글생글 웃을 수 있는 날이 거의 없었다.

엄마와 둘이서 지내는 좁은 이 집에 엄마는 어제두 들어오지 않았다.

아빠와 엄마가 이혼한 건 내가 중학교 1학년 때의 일이다. 그제까지 써온 무라타 나치라는 내 이름은 결혼 전 엄마의 성을 딴 아이사카 나치로 바뀌었다.

그리고 전에 살던 단독주택에서 이곳 연립주택으로 이사해 왔고, 엄마는 밖으로 일을 하러 다니기 시작했다. 하는 일은 자주 바꼈고 동시에 두 가지의 일을 하기도 했는데, 보험 판매일, 청소원, 도시락집 등등으로 그 밖의 일은 알지 못한다.

엄마에게 새로운 애인이 생긴 게 아닐까 하는 생각이 드는 순간도 여러 번 있었다. 왠지는 모르겠지만 매번 관계가 오래 가지는 않았다. 물론 엄마와 그런 이야기를 나눈 적은 없었지만, 일 때문인지 놀러 간 건지 알 수 없는 이유로 엄마가 외박

하는 날이 늘어났다.

식탁 끝에 놓인 양철 캔으로 된 빈 쿠키 박스에는 때마다 엄마가 넣어놓은 돈이 있었다. 그건 매달 받는 용돈과는 별도로 음식이나 일용품 같은 것을 그때그때 해결하라고 놓아둔 돈이었다. 다시 말해 나에게는 금전적인 것 이외에는 신경쓰지 않겠다는 선포 같은 거였다.

내가 고등학생이 되면서부터 엄마의 그런 태도가 더욱 명확해졌다. 가끔 집에 둘이 같이 있는 날에도 엄마는 나를 쳐다보지 않았다. 일이 있어 대화를 할 때도 눈을 맞추려 하지 않을 때가 있었다.

나는 엄마가 나를 쳐다보는 것조차 힘들어하는 이유를 알고 있다.

아빠를 닮아서 미안해. 점점 닮아가서 정말 미안해.

방송을 다 듣고 팟캐스트를 끈 후에 교복 자켓 주머니에 스마트폰을 쑤셔 넣었다.

11월에 들어서면서 날씨가 꽤 쌀쌀해졌다. 스쿠터에……밤바람에 올라타면 제법 추웠다.

나는 교복 위에 오리털 점퍼를 걸치고 현관으로 향했다.

어제 담임선생님이 진로 희망서를 제출하지 않은 게 나쁜 이라며 떨떠름한 표정으로 재촉을 했고, 나는 그 바람에 어쩔 수 없이 진학자료를 대충 훑어본 후 M단과대학의 이름을 썼다. 이탈리아어과가 있다는 이유에서였다.

밤바람은 이탈리아제로, '베스파'라는 제품명은 '말벌'이라는 뜻이라고 한다. 그냥 그런 사실을 머릿속에 떠올렸을 뿐이지, 나는 사실 대학에 진학할 생각이 전혀 없었다. 선생님이 이리저리 캐고 드는 것을 막기 위한 방책일 뿐이었다.

학교를 졸업한 후에는 집을 나갈 계획이다. 그러기로 마음먹었다.

갈 곳이 있는 것도, 하고 싶은 일이 있는 것도 아니다. 그저 집을 나가 엄마에게서 떨어지고 싶다는 마음만 확실할 뿐. 그래서 졸업까지 남은 5개월이 대충 지나가길 바라고 있다.

그런 생각을 함께 나눌 친구는 단 한 명도 없었다. 중학교 때부터 왠지 모르게 겉도는 듯한 느낌이 들긴 했지만, 고등학교에 올라간 후로는 완벽하게 어디에도 '소속'하지 못했다.

다른 친구들은 모두 만날 날부터 물방울과 물방울이 하나로 합쳐지는 것처럼 자연스럽게 어울려 하나의 그룹을 만들었다. 하지만 나에게는 자신과 다른 성분을 가진 누군가를 한눈에 꿰뚫어보고 행동하는 능력이나 기술이 없었다. 아니 그보다 어쩌면 나만 성분이 전혀 다른 이물이었을지도 모르겠다.

모두가 나를 싫어했다. 엄마도, 반 친구들도, 선생님도.

나에게는 밤바람만 있으면 돼.

))   )   ●

토요일 늦은 오후, 우버 드라이버 앱을 열어 시작 버튼을 누르니 곧바로 요청이 들어왔다. 나는 주차장으로 향했다.

3학년이 되자마자 독립 자금을 모으기 위해 아르바이트를 시작했다. 학교에서는 금지된 사항이어서 되도록 먼 곳으로 향했다. 고등학생이 할 수 있는 아르바이트는 한정적이었지만, 패스트푸드점에서 재깍재깍 주문을 받거나 편의점에서 다양한 손님들을 대응할 자신이 없었다. 식품공장에서 라인 작업 아르바이트를 구한다는 정보를 보고 이거라면 할 수 있겠다는 생각에 전화를 해보니 고등학생은 학교와 부모님의 허락이 필요하다고 했다. 망설이다 더 이상 진전시키지 못하고 포기하고 말았다. 비단 그 공장뿐만 아니라 어디서 일을 하던 간에 그 같은 요구를 받을 게 뻔했다. 학교에는 물론 엄마에게도 비밀로 하고 싶었다.

그래서 아르바이트 찾기를 일단 보류하고 어떻게 하면 몰래 돈을 벌 수 있을지를 고민하다 우버 이츠 배달원을 떠올렸다.

이거라면 내가 가능한 시간에만 일할 수도 있고 가게 혹은 손님과 몇분 내에 거래를 끝낼 수 있는 데다 인간관계 같은 걸로 고민할 일도 없을 것 같았다.

고등학생이라도 18세 이상이면 배달 파트너로 등록할 수 있었고, 학교는 물론 부모님의 동의 같은 것도 필요하지 않았다. '업무 위탁'이지 '아르바이트'는 아니라는 내용을 인터넷에서 발견해 읽으면서 만에 하나 학교에 걸리더라도 변명을 할 수 있겠다고 생각했다. 그래서 해보기로 했다.

먼저 오토바이 운전면허를 따자. 그리고 스쿠터를 사자. 초등학교 때부터 세뱃돈을 넣어둔 우체국 예금계좌에 30만 엔 정도가 들어있었다. 그걸 밑자금으로 써서 면허를 따고 신분증명서를 만들어 일을 하는 데 필요한 '도구'를 손에 넣자.

18세. 내 생일은 8월이다. 그때를 기다려 나는 자립을 위한 한 걸음을 떼기로 마음먹었다. 훌륭한 계획이라 생각이 들면서 가슴이 뛰었다.

운전면허를 따는 일은 어렵지 않았다. 원동기 면허는 16세부터 응시가 가능했다. 부모님의 동의가 없어도, 교습소에 다니지 않아도 운전면허 시험장에서 직접 시험을 보고 그날 중에 면허를 교부받을 수 있었다.

수입금 입금에 필요한 은행 계좌도 18세 이상일 경우 필요한 서류만 잘 구비해 가면 개설 가능하다는 것을 알고 곧장

실행에 옮겼다. 갓 취득한 원동기 면허 덕분에 너무나도 간단하고 수월하게 진행이 되어 놀라울 정도였다.

나는 이제 부모님에게 알리지 않고도 일할 수 있으며 돈을 관리할 수도 있다.

18년 동안 살아왔다는 것만으로도, 단지 그것만으로도 세상으로부터 절대적인 신뢰를 받았다. 지금의 나와 열일곱 살 마지막 날의 나와는 무엇이 다른 걸까.

나는 드디어 스쿠터를 사기 위해서 오토바이 가게를 돌아다녔다.

스쿠터는 내 생각 이상으로 고가였다. 야후 옥션 등에서 찾아보면 중고로 3만 엔 정도에 나온 물건도 꽤나 있어서 너무 얕잡아 생각했다. 오토바이를 잘 알지 못하는 탓에 인터넷을 통해 싼맛에 개인 간 거래를 할 자신은 없고 해서 어쩔 수 없이 가게에 의지할 수밖에 없었다. 예산 10만 엔 정도로는 물건이 쉽게 찾아지지 않았고 예산에 가까운 금액이어도 실물을 보면 어딘지 모르게 썩 내키지 않았다.

밤바람과 만난 곳은 집에서 제법 거리가 있는 가게였다.

첫눈에 보고 요놈이다, 하고 생각했다. 아니, 생각한 게 아니라 알아챘다.

그제까지 방문했던 다른 오토바이 가게와 비교하면 다양한

바다거북

189

차종이 어지럽게 진열된 그 가게는 혼돈 그 자체였다. 그 사이에서 밤바람은 어딘지 언짢은 모습으로 내가 오기를 기다리고 있는 듯 보였다.

감청색에 가까운, 왠지 모를 깊이가 느껴지는 파란색이었다. 내가 지금까지 봐온 스쿠터와는 모양이 달랐고, 프론트 커버가 평평해서 세련돼 보였다. 가까이서 보자 핸들 중앙에 있는 동그란 헤드라이트가 나를 올려다보는 듯한 기분이 들었다. 그리고 오른쪽 사이드에 남아있는 인상적인 세 줄의 상처.

네 이름은, 네 이름은 "밤바람"이다. 순간적으로 떠오른 이름이었다.

차체는 여기저기 먼지와 진흙으로 뒤덮여있었다. 휠도 온통 녹슬어있어서 전 주인이 험하게 다뤘다는 것을 알 수 있었다. 이 아이를 구해줘야겠다, 그런 마음이 들기까지 했다. 하지만 가격표가 보이지 않았다.

가게 아저씨가 밖으로 나왔다. 마흔 정도 되려나?

"오토바이 살 거니?"

그는 불이 붙은 담배 한대를 손에 든 채로 말했다.

"아……네. 이거 가격이 안 보이는데 얼마예요?"

아저씨는 대답하지 않고 담배를 한 모금 머금었다 연기를 내뿜었다. 잠시 뜸을 들이더니 입꼬리를 올리며 말했다.

"할부 말고 일괄 지급할 수 있으면 13만 엔에 해줄게."

예산보다 3만 엔 비싼 가격이었다. 나는 잠시 고민에 잠겼다. 하지만 이렇게나 마음에 드는데……3만 엔 정도라면.

"이걸로 주세요."

두근거리는 마음으로 그렇게 답하자 아저씨는 피우던 담배를 땅에 내던지고는 불을 신발로 비벼껐다. 그리고 이쪽으로 걸어나와 밤바람 앞에 쪼그리고 앉았다.

"이거 말야, 타이어가 둘 다 펑크난 데다 윙커도 고장 나 있거든. 수리해야 탈 수 있을 거야."

고장 난 상태로 판매한다는 사실을 알고 놀랐다. 야후 옥션에서 본 저가 오토바이도 그런 물건들이었을지도 모르겠다.

내가 당황한 기색을 보이자 아저씨는 쪼그리고 앉은 채로 나를 올려다보았다.

"타이어 교환이랑 윙커 수리까지 다 해서 15만 엔은 어때? 크게 인심 쓰는 거야. 가져가기 전에 우리 가게에서 책임지고 손봐줄 테니까."

15만 엔.

그치만 어쨌든 먼저 손을 보지 않으면 저 스쿠터는 움직이지 않을 것이다. 타이어 교환과 윙커 수리를 어디에 부탁해야 할지도 몰랐다. 적정 비용이 어느 정도인지 알 수 없지만, 아저씨는 크게 인심 쓰는 거라고 말했다. 2만 엔 정도의 추가 비용은 양심적인 것이라는 생각도 들었다.

"……그럼 부탁드려요."

"여기 있는 커다란 흠집도 도색할 거야?"

나는 크게 고개를 저었다.

"그건 그냥 두세요."

아저씨는 고개를 몇 번 끄덕거리더니 일어섰다.

"몇 살?"

"네?"

"몇 살이냐고?"

나는 슬며시 어깨를 펴면서 말했다.

"열여덟 살이요."

"미성년자는 오토바이를 살 때도 보험에 가입할 때도 보호자의 동의가 필요한데 말이야."

나는 눈을 커다랗게 떴다.

면허를 따고 은행 계좌도 개설하고 해서 우버 이츠 배달 파트너가 되는 데 필요한 절차를 끝낸 터라 이제 이 아이만 데리고 가면 끝이라고 생각했는데. 원동기 면허는 열여섯 살부터 딸 수 있는데 사는 건 열여덟 살이어도 불가능하다니. 사회 시스템이 뭐가 이래?

내가 입을 꾹 다문 채 아무 말을 하지 않자 아저씨는 슬며시 시선을 피하며 말을 이어갔다.

"지금 부모님께 전화해서 허락하시면 줄 수 있는데."

나는 아저씨의 의도를 알아챘다.

이 아저씨는 내 편이다.

지금 이 자리에서 엄마에게 전화하는 척해서…… "괜찮다고 허락하셨어요"라고 거짓말을 하기만 하면 된다. 그러면 이 아저씨는 모든 것을 눈감아줄 것이다.

주머니에서 꺼낸 스마트폰을 손에 쥐자 온몸에서 맥박이 느껴졌다. 이쯤이야 식은 죽 먹기지. 지금 이 순간만 잘 넘기면 돼.

나는 한 번도 나쁜 일을 한 적이 없었다. 털어서 문제될 만한 일을 벌인 적도 없을뿐더러 세상이 정한 규칙을 어긴 적도 없었다.

아직 '보호'가 필요한 존재라는 사실이 치가 떨릴 정도로 억울했다. 그러나 여기까지 잘해온 만큼 무결한 자립을 이뤄내고 싶었다. 밤바람을 더럽히지 않기 위해서라도.

나는 스마트폰을 든 손을 내렸다.

"엄마가 지금 근무 중이셔서요. 허락 받은 후에 다시 올게요."

아저씨가 의외라는 듯 눈썹을 치켜세웠다.

"팔릴지도 모르는데?"

나는 턱하고 말문이 막히고 말았다. 그건 너무 슬픈 일이었다. 아저씨는 다정한 말투로 말했다.

"그럼 이렇게 하자. 선금을 넣고 가면 안 팔고 놔둘게."

선금 5만 엔.

그렇게 하면 밤바람을 다른 사람에게 넘기지 않아도 된다.

나는 봉투에 들어있던 10만 엔 중에 5만 엔을 꺼내 아저씨에게 넘기고 집에 돌아오는 길에 엄마에게 전화를 걸어 허락을 구했다. 너무나도 귀찮고 내키지도 않는 일이었다.

우버 이츠에 관한 이야기는 꺼내지 않고 원동기 면허는 아직 따기 전인 걸로 해서 스쿠터를 타고 등교하고 싶다고 말했다. 교칙에서도 원동기를 이용한 등교는 허용됐다. 아르바이트는 안 되고 원동기는 허용되는 이유는 학교가 조금 외진 곳에 있기 때문이었다.

버스가 몇 대 없는 데다 전철 환승도 쉽지 않아서 집에서 학교까지는 1시간 반이 걸렸다. 그런데 원동기를 이용하면 30분 만에 갈 수 있었다.

"요즘 버스도 전철도 지연되는 일이 많아서 학교에 자주 지각하거든. 주위에도 원동기로 등교하는 애들이 많아졌어. 이제 집중해서 입시 공부도 해야 하니까 시간을 효율적으로 쓰고 싶어."

그렇게 말해놓고도 이런 이유로는 절대로 허락을 받을 수 없을 거라 생각했다. 하지만 엄마는 "알았어"라고만 했고, 나는 너무 깜짝 놀라고 말았다.

단, 말투는 날이 서 있었다. 나를 밀쳐내는 듯한 투로 "얼만데, 스쿠터는?"이라고 물어온 것이다.

"……10만 엔, 정도일걸? 근데 그 정도는 내 계좌에서 인출하면 되니까."

엄마는 건조한 목소리로 "10만 엔"이라고 주문을 외듯 따라 하더니 3초 가량 후에 무심하게 말했다.

"사든지. 필요하다는 데 어쩌겠어."

죄송하고 감사합니다. 나는 잔뜩 위축된 채로 고개를 숙였다.

이렇게 해서 나는 잔금 10만 엔을 엄마에게 지원받는 형식으로 전액을 납부하고 보험 가입을 끝냈다. 보험금도 가솔린 비용도 주차장 비용도 엄마의 도움을 받았다.

결국 이렇게 사회적으로도 금전적으로도 도움을 받아야 하는 내가 한심하기 짝이 없었다. 몰래 우버 이츠 일을 하는 것만 해도 돈을 지원받고 있는 이상 꺼림칙한 마음이 들었다. 하지만 솔직하게 말하자면 현실적으로는 매우 고마웠고, 그런 생각을 하는 내가 또 한심하게 느껴졌다. 한시라도 빨리 내 일을 스스로 처리할 수 있게 되길 바랐다.

어찌했건 간에 밤바람은 내게로 왔다. 곧바로 구석구석 깨끗이 세차를 하고 광을 내자 넋이 나갈 만큼 멋진 모습이 드러났다. 아무래도 낡은 느낌은 나지만 그것도 매력의 일부라 생각했다.

승차감도 나쁘지 않았다. 타이어를 갓 교환한 덕분일지도 모르겠다. 속도가 많이 붙지 않는 타입이어서 오히려 안심이 됐고, 기어 변속에 품이 드는 것도 사랑스럽기만 했다. 귀엽고 또 귀여운 내 밤바람.

우버 이츠 일도 순탄하게 흘러갔다. 요청이 들어온 가게에서 음식을 픽업해 손님이 있는 곳으로 배달했다. 방향 감각만큼은 타고난 덕에 길을 잃는 일은 없었고, 해야 할 일이 단순한 것도 나에게 딱 맞았다. 틈틈이 성실하게 일하면 한주 만에도 꽤 큰 금액이 수중에 들어왔다.

나는 이제 정말 밤바람만 있다면 살아갈 수 있을 것 같았다.

집에서 나오기 위해 돈을 많이 벌자. 누구에게도 손을 벌리지 않고 자립할 수 있도록.

이번 주문은 중화요리점의 계란덮밥 하나였고, 나는 가게에서 음식을 픽업해 구글 맵의 내비게이션을 따라 주문자의 집으로 향했다.

복층형 건물이 눈에 들어왔다. 밤바람을 세워놓고 주소를 확인한 후 주문자 이름과 명패에 쓰인 이름을 확인한 나는 초인종을 눌렀다.

"네."

중얼거리는 듯한 남자 목소리가 들렸고, 조금 후에 문이 열렸다. 얼굴을 마주하자마자 서로, 소리 없이 "아" 하는 입모양을 지었다. 같은 반 남자아이였다.

주문자 이름은 神城迅. 가미시로 진이었다.

'진'이라고 읽는구나. 지금까지 성 말고 이름까지 의식해 본 적이 없어서 주문서에 쓰인 이름을 보고도 알아채지 못했다.

그러고 보니 이런 애가 있었지. 말이 없고, 수업 중 이름이 불리면 대답하는 목소리가 너무 작다며 혼나고, 그룹을 나누는데 언제나 혼자가 되는……그러니까 말하자면 나 같은 아이.

내가 "배달입니다. 맛있게 드세요" 하고 계란덮밥이 든 용기를 내밀자 가미시로 진은 당황한 표정으로 머리를 숙이며 받았다. 음식값은 신용카드로 이미 결제를 마친 상태였다.

딱히 할 말도 없고 해서 나는 그대로 반쯤 열린 문으로 도망치려 했다. 그러면 아무에게도 말하지 않을 것이다.

그런데 갑자기 방 안쪽에서 부스럭부스럭 하는 소리가 들렸다. 가미시로 진은 계란덮밥을 손에 들고 어깨를 움츠린 채 바짝 긴장했다. 내가 소리가 난 쪽을 향해 고개를 돌리자 복도에서 살아있는 무언가가 도망치듯 이쪽을 향해 날아들었다.

"저게 뭐야?"

나도 모르게 소리를 질렀다. 허둥지둥거리며 날아다니는 것은 갈색빛을 띤 새였다. 새는 우리 둘의 모습에 놀랐는지 다시 방향을 틀어 겁에 잔뜩 질린 모습으로 계단 손잡이에 내려앉았다.

"······참새야."

가미시로 진이 가는 목소리로 답했다.

"어떡해?"

곤란해하는 그의 얼굴을 보자 나는 왠지 그냥 돌아갈 수가 없었다. 나, 어떡해?

참새는 얼이 빠진 듯 작은 머리를 흔들며 주위를 둘러보더니 다시 사뿐히 날아올라 원래 있던 자리를 향해 날개를 퍼덕거렸다. 가미시로 진이 나를 향해 다가온 그 순간 나도 자연스럽게 신발을 벗고 집안으로 뛰어 들어갔다.

"일단 밖으로 내쫓아야지."

베란다 문이 열려있었다. 그의 소심한 설명에 따르면 비가 올 것 같아서 밖에 널어놓은 세탁물을 들이려고 문을 열자 우버 이츠가 도착했고, 그대로 현관으로 나왔다고 했다.

참새는 여기저기를 배회하며 출구를 찾고 있었다. 자기가 들어온 문을 왜 찾지 못하는 걸까? 평소 밖에서 마주쳤을 때는 작고 귀엽게 보이는 새였는데, 이렇게 집안에서 날아다니는 걸 보니 꽤나 박력있게 느껴졌다.

"이쪽이야, 이쪽."

나는 참새를 내몰듯하며 베란다 문으로 유도했다. 하지만 그것이 오히려 역효과였는지 참새는 더욱 겁을 먹고 거실 안쪽으로 도망치고 말았다.

어찌할 바 몰라 둘이서 멍하니 서 있자 참새는 문득 결심한 듯 거실을 한바퀴 빙 돌아 베란다 문 밖으로 나갔다.

"……살았다."

가미시로 진은 안도의 한숨을 내쉬었다. 그리고 나를 보며 말했다.

"고마워. 덕분에 살았어."

나는 잠시 넋을 놓고 말았다. 이토록 다정한 표정을 짓다니.

이 아이, 라는 사실도, 나를 보며, 라는 사실도 모두 놀라울 뿐이었다.

상황이 이렇게 되자 갑자기 모든 게 당황스럽게 느껴졌다. 말 한마디 섞은 적 없는 같은 반 아이 집에 들어오다니.

"그럼 갈게……."

문으로 향하는데 식탁 위에 시선이 멈췄다. 엄청나게 많은 양의 홍보지와 봉투, 그리고 서류 더미들.

홍보지에는 '극단 호루스'라는 글자가 보였다.

"극단에 있어?"

나는 무심코 그에게 물었다. 가미시로 진과 연극이라는 조합이 너무나도 예상밖이었던 것이다.

그는 또다시 작은 목소리로 대답했다.

"아니, 아버지가 하시는 극단이야. 알바비를 줄 테니까 도와 달라고 하셔서."

"알바비?"

"해야 할 일이 많아. 봉투에 이름도 써야 하고, 소품같은 것도 만들어야 하고. 다음달 공연까지 시간이 얼마 없어서 친구들도 불러오라셨는데……."

'……'에 들어갈 말을 금세 알아챌 수 있었다. 아마도 "친구가 없어서"일 것이다.

"나도, 해도 돼?"

나도 모르게 그런 말이 튀어나왔다. 나 역시 깜짝 놀랐다. 친구가 아닌데 지원하고 말았다. 하지만, 그렇지만, 좋은 기회니까. 부모님의 동의 같은 것도 필요 없을 테고.

가미시로 진의 눈이 점점 커졌다.

하지만 그 반응은 거절이나 부정의 의미가 아니라 오히려 수용을 의미하는 밝은 표정임을 나는 순수하게 이해할 수 있었다. 어쩌면 이런 기분은 처음 느껴보는 것일지도 몰랐다.

)) ●

가미시로 진은 계란덮밥을 먹을 시간이 필요했고 나는 나대로 주말에는 우버 이츠 배달에 집중하고 싶었으므로, 월요일에 학교를 마친 후 그의 집을 다시 찾기로 했다. 가미시로 진은 작업량에 따른 알바비를 받는 듯했지만 아버지와 상의한 후 내게는 시급 1천 엔을 받을 수 있게 해주었다.

초인종을 누르자 가미시로 진이 문을 열고 나왔다. 왠지 몰라도 나는 그를 똑바로 쳐다볼 수 없어서 엉뚱한 곳을 쳐다보며 집안으로 들어갔다.

거실에 들어선 나는 난처한 상황을 맞이했다. 여자 한 명이 있었던 것이다.

머리를 위로 틀어올린 여자는 넉넉한 운동복을 입고 테이블 위에 펼쳐진 홍보지를 접고 있었다. 어머니?

"잘 왔어."

그녀는 나를 보자마자 그렇게 말하며 환한 미소를 지었다.

나도 고개를 숙여 인사했지만 미소를 짓지는 못했다. 모르는 사람과, 게다가 가미시로 진 쪽의 사람과 함께 이곳에서 시간을 보내게 될 거라는 예상은 하지 못했으므로 긴장과 불안감으로 온몸이 굳어버리고 말았다.

하지만 상대 여성은 자리에서 일어나 쇼파에 놓여있던 자켓을 걸쳤다.

"그럼 나머지는 부탁할게."

가미시로 진은 고개를 끄덕거렸다. 여자는 미소 띤 얼굴로 나를 바라봤다.

"진이 여기에 친구를 데리고 온 건 처음이야. 만나서 반가워. 카레를 만들어뒀으니까 배고프면 같이 먹으렴."

"……감사합니다."

그렇게 대답하고 나는 선 채로 그녀와 가미시로 진의 대화를 지켜보았다. 가벼운 대화를 나눈 후 여자는 밖으로 나갔다. 문밖까지 배웅하지 않는 것을 보니 아무래도 가족인 듯했다.

둘만 남게 되자 가미시로 진은 "그럼"이라고 중얼거리며 이마를 긁적이더니 아까 여자가 앉아있던 자리를 가리키며 말했다.

"저기에 앉을래?"

"어, 그래."

내가 의자에 앉기를 기다려 그는 해야 할 작업에 대한 대략적인 설명을 들려주었다. 수취인 이름은 기재가 끝난 후여서 테이블에 놓인 홍보지와 안내지를 반으로 두 번 접어 봉투에 넣고 풀칠을 해서 봉투 입구를 밀봉하면 되는 일이었다. 사인용 테이블에 마주 앉아 우리는 묵묵히 작업했다.

홍보지는 얼마 전에 본 극단 호루스에 관한 내용이었다. 정중앙에 〈달이 뜨는 숲〉이라는 공연 제목이 쓰여있었다.

"……아까 그분은 어머니셔?"

나는 무심코 질문했다.

가미시로 진은 손끝에 시선을 고정한 채 "아니"라고 답하고는 평소와 같은 작은 목소리로 말했다.

"극단에 소속된 배우분이셔. 연습 가기 전에 잠시 도와주러 오신 거야."

"그렇구나."

"어머니는 안 계셔."

"어?"

"내가 초등학생 때 이혼하셨거든."

작업 중이던 손이 멎었다. 가미시로 진의 얼굴을 쳐다볼 수 없었다.

"미안."

어떤 의미의 사과인 걸까? 하지만 나는 그렇게 말하고 말았다. 집에서 봤다는 이유만으로 어머니일 거라고 생각한 건 너무 무신경한 말이었을지도 모르겠다. '어머니'라는 말조차 듣고 싶지 않을지도 모르고, 잘 모르겠지만 여러모로 미안한 마음이 들었다.

그러자 가미시로 진은 들어본 적 없는 거친 말투로 말했다.

"그만 둬. 누가 불쌍하게 여기는 건 질색이야."

가슴이 철렁 내려앉았다. 그리고 온몸이 부들부들 떨릴 정도로 당황했다. 화가 나게 하고 말았다, 그를.

아니야, 불쌍하게 여긴 게 아니라고. 나와 같은 처지라는 생각에 튀어나온 말이었다. 왜냐면······.

"······나도 그래."

가미시로 진이 고개를 들었다.

"나도 중학생 때 아빠가 집을 나갔어."

최대한 아무렇지 않게 말하려 했다. 하지만 어쩌면 내 처지야말로 불쌍하게 들렸을지도 모를 일이다.

어느 날 갑자기 엄마에게 "아빠는 이제 집에 안 들어올 거야"라는 말을 들었다.

다른 곳에 우리보다 소중한 애인이 생겼대. 전해 들은 이유는 이 한마디의 말뿐이었다.

"작별 인사도 제대로 하지 못했는데 성이 바뀌고 이사를 하고 눈 깜짝할 새에 많은 것이 바뀌는 바람에 처음에는 너무 놀라서 벙쩌더라고."

그래, 벙쪘다는 표현이 딱이었다. 그때 나는 아무것도 할 수 없어서 그저 벙쩐 채로 있었다.

엄마가 종종 히스테리를 부리면 그런가 보다 하고 입을 꾹 다문 채 가만히 있었다. 나는 어떻게 해야 할지 알 수 없어서 그저 엄마를 자극하지 않게끔 조용히 지낼 수밖에 없었다.

가미시로 진은 진심으로 위로하듯 말했다.

"……이사, 힘들었겠다."

이사? 이사가?

나는 왠지 모르게 웃음이 터지고 말았다.

"뭐, 그랬지."

홍보지를 접으며 대답했다. 가미시로 진도 손을 바삐 움직이며 말을 이어갔다.

"나는 집도 성도 안 변했으니까. 어릴 때부터 극단 사람들이 집에 자주 놀러오기도 했고, 모두가 진, 진하고 부르면서 귀여워도 해줬고."

아까 본 배우처럼.

"아이자카 너, 이름은 뭐야?"

가미시로 진은 갑자기 이름을 물었다.

"나치. 나하那覇할 때 나에, 슬기로울 지智."

"그럼, 낫짱이라고 불러야겠다."

"뭐?"

깜짝 놀랐다. 뭘 이렇게 갑자기 거리를 좁혀온대? 그는 이 번에도 엉뚱한 소리를 내뱉었다.

"왜? 나치짱은 부르기가 어렵잖아."

그 말이 아니라 ⋯⋯아니 됐다. 나는 종이를 접어 손가락으로 꾹꾹 눌러가며 있는 그대로 받아들이기로 했다.

이런 어디로 튈지 알 수 없는 그의 천진난만함은 극단 사람들에게 사랑을 받으며 자란 덕분일지도 모른다. 낫짱이라고 불린 게 얼마 만인 건지. 그 기억에 닿으려면 아주 먼 옛날까지 거슬러 올라가야만 했다.

내 안에 아직 방어벽을 쌓지 못한 곳에 가미시로 진이 들어오기 시작했음을 느꼈다. 당황스러울 만큼 호기롭게. 길에서 멀리 떨어져서 보면 작고 귀여워 보이는 참새가 집안으로 들어오자마자 저리도 용맹하고 거대한 존재감을 드러내는 것처럼.

"진, 군⋯⋯."

"응?"

놀란 기색 하나 없이 그는 대답했다.

"나도 이렇게 부를까 봐."

"좋아."

진 군은 빙그레 웃음을 지었다.

……여기 있었잖아, 하고 나는 생각했다.

성격이 밝은 반친구들은 서로가 밝게 빛나고 있는 것을 쉽게 알아챌 수 있어서 고민없이 신호를 주고받을 수 있을 거다. 하지만 나와 진 군의 빛은 너무 흐릿해서 나와 같은 아이가 어디에 있는지를 알아내는 데는 시간이 걸리고 만다.

아기 바다거북의 이야기를 떠올렸다. 보름달 빛에 의지해 바다로 향하는 작은 생명들.

그럼에도, 그럼에도 거북이들은 걸어나갈 것이다.

달빛이 없어도, 모래가 무거워도. 바다를 향해서 걸어나갈 거라고 생각했다. 내가 가야 할 곳을 찾아 떠나려고.

그러고 보니 아까 힘줘 말했을 때 진 군의 목소리가 다케토리 오키나와 살짝 닮았다는 생각이 들었다. 진 군은 그렇게까지 말을 유창하게 하는 편은 아니지만.

다음 날, 늦잠을 잤다.

눈을 떠보니 아홉시가 지나 있어 기함을 하고 말았다. 엄마는 아침부터 볼일이 있는지 이미 집에 없었다. 서둘러 등교 준비를 하는 것도 귀찮아서 오늘은 땡땡이를 치기로 했다.

학교에 전화를 걸어 몸이 안 좋아서 쉬겠다고 하니 쉽사리 허락이 떨어졌다.

화창한 날씨였다. 왠지 기분이 좋아서 물을 끓여 코코아를 만들었다. 오늘은 밤바람을 타고 조금 멀리까지 나가볼까나.

스마트폰을 켜서 팟캐스트를 열었다.

대나무숲에서 보내드립니다. 저는 다케토리 오키나입니다. 가구야 공주는 잘 지내고 있으려나…….

"오늘은 삭입니다. 이번에는 일식 이야기를 하나 해볼까 합니다."

다케토리 오키나는 이렇게 말문을 열었다.

"달과 태양이 같은 곳을 향했을 때 달 뒤에 태양이 가려지는 것을 일식이라고 합니다. 일식이 있는 날은 무조건 삭날이지요. 물론 삭날이라고 해서 무조건 일식이 일어나는 건 아니에요. 궤도가 교차하는 곳에서 삭이 됐을 때 이런 현상이 일어나는 겁니다. 지구에서 일식 현상을 볼 수 있는 타이밍도 장소도 극히 제한적이라서 천문을 좋아하는 사람들에게는 일대 이벤트가 되기도 하지요. 궤도의 기울기 정도에 따라서 태양이 가려지는 면적이 달라지기 때문에 부분일식, 개기일식, 금환일식 등 여러 가지 종류의 일식이 있습니다.”

태양이 가려진다니.

엄청난 이야기처럼 들리겠지만, 사실은 태양에 무슨 일이 일어나는 것은 아니다. 지구에서는 보이지 않는 것을 '가려진다'라고 표현한 것일 뿐.

그런 생각을 하다 머그컵에 입을 갖다 댔다.

“지금은 일식을 볼 수 있는 시기도 장소도 예측 가능하지만, 전혀 알 방법이 없었던 옛 사람들에게는 공포로 다가왔을 겁니다. 어떤 전조도 없이 온 세상이 깜깜해지다니요. 그것도 그런 날 밤에는 달도 뜨지 않고 말이죠.”

달도 뜨지 않는다고? 그러고 보니 그렇네. 삭은 보이지 않는 달이니까.

진짜 그랬다. 옛날 사람들은 많이 놀랐겠구나. 우주의 탄생에 대해서 아직 알지 못하던 시절……태양과 달은 언제나 하늘에서 우리를 지켜주고 있을 것이라고 믿었을 사람들.

알고 나면 별 것 아닌 일일지도 모르는데.

태양도 달도 딱히 지구에 영향을 주려고 하는 게 아니라 지구에 있는 우리가 제멋대로 우왕좌왕하는 건데 말이지.

다케토리 오키나는 다음 일식이 언제 일어나는지를 소개한 후에 온화한 목소리로 말했다.

"그때 저는 뭘 하고 있을까요. 그런 상상을 하면서 일식을 기다려보려 합니다."

나는 뭘 하고 있을까. 우선 오늘은 이제부터 대나무숲을 찾아나서서 보려 한다.

인터넷으로 검색해 보니 집에서 가장 가까운 히가시료쿠치 공원이라는 곳이 있었다. 제법 넓은 공원 안쪽에 대나무숲이 있다고 했다. 밤바람을 타고 가면 20분 정도면 도착할 수 있는 거리였다.

나는 평소처럼 주먹밥 두 개를 만들어 가방에 넣고 문밖을 나섰다. 밤바람이 주차장에서 나를 기다리고 있었다. 나는 시트를 두어 번 쓰다듬고는 헬멧을 썼다.

연료 코크의 레버를 ON으로 돌리고 킥스타터에 한쪽 발을 갖다 대니 부르르릉 하고 밤바람이 호응했다. 이 순간이 언제나 참을 수 없을 만큼 기뻤다.

"오늘은 대나무숲까지 가보자구."

밤바람에게 그렇게 말하며 클러치를 손으로 감싸 왼쪽 손목을 돌렸다. 뉴트럴에서 1단으로 기어를 변속한 후 출발이다.

나를 태운 밤바람은 달리기 시작했다. 바람을 맞으면서 '살아있음'을 느꼈다. 나도, 밤바람도.

히가시료쿠치 공원은 주택가 너머에 있는 산간지에 있었다. 입구에 들어서자 곧바로 주차장이 나왔다. 평일 오후여서인지 한산한 주차장에는 승용차 3대, 미쓰바 택배의 트럭 한 대가 보였다.

밤바람을 여기에 세워둘까 어쩔까 고민하다 조금 더 안쪽까지 스쿠터로 들어가 보기로 했다. 나는 주차장을 지나쳐 공원 안쪽을 향했다.

조깅 중인 아저씨, 자전거를 타고 지나쳐가는 여자, 천천히 걸으며 산책을 즐기는 노인.

평일 오후 공원의 여유롭고 푸르른 경치가 스쳐 지나간다. 나는 오랜만에 여유로운 기분에 젖어 미소짓고 있는 내 모습을 발견하고 스스로 놀라고 말았다.

조금 더 들어가자 정면에 대나무숲이 보였다. 그 뒤로는 길이 좁아 보여서 나는 속도를 줄여 밤바람을 세웠다.

밤바람에 걸터앉은 채로 헬멧을 벗었다. 싱그러운 향기가 바람을 타고 내 몸을 감쌌다.

"조금만 기다려."

길가에 밤바람을 세워두고 시트 옆으로 설치된 고리에 헬멧을 걸었다.

천천히 대나무숲으로 발걸음을 옮겼다.

빽빽하게 늘어선 대나무는 우러러봐야 할 만큼 올곧게 솟아 있었다. 햇빛을 차단하듯 잎이 무성했지만 어둡다는 생각은 전혀 들지 않았다. 대나무 사이사이로 빛들이 청량하게 쏟아내렸다.

그 사이를 혼자서 걷다 보니 덩치 키기 큰 사람들 사이에 서 있는 기분이 들었다. 마치 나도 대나무숲의 대나무 중 하나가 된 듯한 기분.

대나무숲에서 들려드립니다. 나는 마음속으로 중얼거려 보았다. 이 적막함 속에서 다케토리 오키나는 가구야 공주를 떠올리고 있는 것일까.

그때 지지지직하고 날카로운 소리가 들려왔고, 나는 소리가 난 쪽을 향해 몸을 돌렸다. 숲속에 사람이 있는 듯했다.

다가가 보니 회색 작업복을 입은 아저씨가 대나무에 톱날을 갖다 대고 있었다. 진짜 있구나, 하고 생각한 나는 그 모습을 뚫어지게 쳐다보았다.

아저씨는 나를 보고 톱질을 멈췄다.

"안녕하세요."

친절한 인사 소리에 나도 "안녕하세요" 하고 대답했다. 안타깝게도 그 목소리는 다케토리 오키나의 목소리가 아니었다. 너무 당연한 말이려나.

"그 대나무, 자르시는 거에요?"

갑자기 이상한 질문을 하고 말았다. 아저씨는 "네" 하고 미소를 지었다.

"오늘이 삭날이에요. '삭날벌채'라고 해서 삭날에 나무를 자르면 나무가 튼튼해져서 잘 안 썩는다는 이야기가 있거든요. 뭐, 미신일지 몰라도 어쨌든 가을 대나무는 특히 단단해서 가공하기가 쉬워요."

아저씨는 목에 두른 수건으로 얼굴에 흐른 땀을 닦았다. 나는 다시 물었다.

"자른 대나무로 뭘 만드는데요?"

"그게, 대나무는 여기저기에서 유용하게 쓰여요. 저는 이 공원 직원인데요, 여기저기 제 작품이 놓여있어요. 울타리, 소쿠리, 조명 같은 거요. 겨울에는 가도마쓰(대나무와 소나무로 만든 장식. 새해를 맞이하면서 복을 부르기 위해 현관 앞에 놓아둔다. - 옮긴이) 같은 것도 만들고, 여름에는 어린이들을 위한 나가시소멘(물이 흐르는 긴 대나무통에 흘려보낸 소면을 건져 먹는 일본의 여름 풍물시 - 옮긴이) 이벤트를 열기도 하고요."

내가 살며시 미소를 짓자 아저씨는 설명을 이어갔다.

"그런데 아무거나 자르는 건 아니고, 대나무는 성장이 빨라서 정기적으로 관리를 해줘야 해요. 그냥 놔두면 금세 대나무밭이 되기도 하고 병에 걸리기도 하고. 잘못될 때는 진짜 순식간이거든요."

"순식간?"

아저씨는 사랑스럽다는 듯 대나무에 손을 갖다 댔다.

"대나무는 땅속에서 이어져 있어서 대나무숲이 하나의 나무 같은 거라고 생각하면 돼요."

바람이 불어와 잎들이 바스락바스락 하고 소리를 내며 흔들렸다.

나는 깜짝 놀라 대나무숲을 둘러봤다. 여기 있는 대나무들이 하나의 나무 같은 거라고?

아저씨는 다시 톱질을 시작했다.

"가끔 대나무 공예 워크숍을 열기도 하니까 시간 날 때 한번 놀러 오세요."

나는 "그럴게요" 하고 대답하고 그 자리를 떠났지만 왠지 온몸이 움찔움찔했다.

여기에 있는 모든 대나무들이 보이지 않는 땅 아래에서 이어져 있다. 숲이 하나의 생명체라는 사실에 나는 마음속 깊이 감동했다.

진 군과의 '알바'는 그후로도 몇 번인가 이어졌다.

덕분에 나는 라인 앱을 난생처음 설치했다. 나와는 평생 연이 없을 거라 생각했던 앱인데. 작은 말풍선 안에 쓰인 글자를 주고받으며 시간을 정해서 진 군 집으로 향하곤 했다.

가끔 극단 사람들과 마주치는 날도 있었다. 그 집에는 극단 배우들이 자주 방문했고, 잠에서 막 깬 듯한 남자가 이층에서 일층으로 내려오는 일도 있었다. 모두 내 존재를 너무나 자연스럽게 받아들였고, 딱히 간섭하는 일 없이 우리에게 간식을 주고 곧장 연습실로 향했다.

진 군과 나는 학교에서는 한마디 말도 섞지 않았다. 이제까지와 다를 것 없이. 잠시 눈이 마주치곤 했지만 그게 전부였다. 그렇게 하기로 약속한 것은 아니지만 그것이 우리에게 서로 가장 편한 거리였다.

오늘 나는 종이눈 만드는 일을 맡았다. 눈이 내리는 장면에 사용한다고 했다. 서예용 한지를 몇 장씩 겹쳐 가늘고 길게 접은 다음 왼쪽 대각선으로 한 번 오른쪽 대각선으로 한 번

잘라 작은 삼각형을 만드는 일이었다.

처음에는 쉽게 보였는데 손을 움직이다 보니 생각보다 어려워서 힘에 부쳤다. 종이가 흐트러지지 않도록 테이블 가까운 곳에서 자른다거나 가위날의 각도를 종이와 평행하게 조율한다거나 하는 이런저런 노력이 필요했다. 나는 잠시 손을 쉬면서 진 군에게 물었다.

"왜 사각형이 아니라 삼각형이어야 하는 거야?"

"삼각형일 때가 제일 눈처럼 예쁘게 떨어지나 봐. 물리학적으로 공기 저항이 어쩌고 하더라고."

"눈은 삼각형이 아닌데 말이야."

"그지?"

한동안 종이눈을 함께 만들던 진 군은 나머지 작업을 나에게 맡기고 하얀 도화지에 뭔가를 쓰기 시작했다. 그러고는 종이를 자르고 접고 또 접고 다시 가위를 여기저기 움직였다.

곁눈질로 슬쩍 쳐다보니 진 군이 만들고 있는 것은 꽃인 듯했다. 진 군은 여러 장의 꽃잎을 만들어 이어 붙였다. 만드는 법을 책을 보고 따라하는 것이 아니라 익숙한 손놀림으로 쉬지 않고 뭔가를 만들어냈다. 평소에도 해온 일일 것이다. 완성된 꽃은 손바닥만 한 크기로 이름이 없는 상징적인 꽃이었다.

"예쁘다."

내가 그렇게 말하자 진 군은 만족스럽다는 듯 미소를 지었다.

"이걸 백 송이 만들 거야."

"뭐?"

상당히 빡센 알바일지도 모르겠다는 생각을 하며 나는 조금 당황스러운 표정으로 진 군을 바라보았다. 그런 내 표정을 보고 진 군은 말했다.

"억지로 하고 있는 건 아니야. 내가 하고 싶다고 했어. 이런 일을 좋아하거든. 이 꽃은 말야, 무대에서 분명 제몫을 해낼거야. 언젠가는 누군가의 발에 밟히거나 객석으로 떨어지거나 할지도 모르지만, 그조차도 좋더라고."

진 군은 갓 만든 흰 종이꽃을 살며시 테이블에 내려놓고 두 번째 꽃을 만들기 시작했다.

"진 군도 언젠간 아버지 극단에 들어갈 거야?"

"그건 모르겠어. 근데 무대미술을 제대로 배워보고 싶어서 고등학교를 졸업하면 전문학교로 진학할 생각이야. 거기 장난 아니더라, 많은 걸 배울 수 있더라고."

나는 길게 접은 종이를 손에 든 채였다. 마음 한켠이 저려왔다.

진 군은 하고 싶은 일이 있었고 그 꿈을 향해 걸어가야 할 길을 분명하게 정해두었다.

그저 혼자가 되고 싶다는 이유로 집을 떠나려는 나와는 딴판이었다. 멋지네, 라고 중얼거리듯 말하자 진 군은 천천히 말을 이어갔다.

"연극은 배우가 있어야 가능한 일이지만, 무대 뒷편에서 해야 할 일이 훨씬 많아. 극단 호루스 덕분에 그 사실을 알았어."

그 말에 정신이 번쩍 들었다.

무대 뒤편, 또 그 뒤편에서 무대를 위해 일하는 많은 사람들이 존재한다. 어쩌면 나도 오늘 그 사람들 중 한 명이 된 걸지도 모르겠다. 만약 그렇다면 조금은 뿌듯한 기분이 들었다.

이 하얀 종이조각들이 눈처럼 자연스럽게 흩날리길, 관객들이 즐거운 마음으로 연극을 즐길 수 있게 되길, 하고 나는 자세를 바로 세우고 가위를 고쳐잡았다.

"낫짱은 어떤 계획이야?"

화들짝 놀라는 소리가 몸속에서 들려왔다. 제발 묻지 말라고 마음속으로 빌었지만 소용없었다.

"음……M단과대학를 생각 중이야. 이탈리아어과가 있거든."

"우와, 이탈리아어?"

"내가 타는 베스파가 이탈리아제거든. '참새벌'(일본에서는 말벌을 참새벌이라는 뜻의 '스즈메바치'라고 부른다. ─옮긴이)이라는 의미래."

"그렇구나. 그럼 참새는 이탈리아어로 뭐라고 해?"

"……그건 모르지."

한번 공부해 볼까? M단과대학에 들어가서 이탈리아어과에서……. 그런 마음이 일자 갑자기 왠지 모르게 눈물이 날 것 같았다. 진 군의 말 한마디에 영향을 받을 만큼 근성이 약한 주제에 혼자서 살아가려고 했다니. 근데 제대로 공부해서 대학에 들어간 후 배우고 싶은 것을 배우는 일이 훨씬 근성이 필요한 일은 아닐까?

"스쿠터가 되게 마음에 드나보다."

진 군이 가위를 움직이며 말했다.

나는 진 군에게라면 말해도 될 것 같다고 생각했다.

"그 스쿠터, 밤바람이라는 이름이거든……."

진 군은 부드러운 미소를 띤 채 이야기에 귀를 기울였다. 기뻤다. 소중한 나의 밤바람에 관한 생각을 조금이나마 진 군과 공유할 수 있었다는 생각이 들었다.

이렇게 평온한 날들이 졸업까지 이어지길 바랐지만 마음대로 되는 일은 아니었다.

다음 날 학교를 마치고 집에 돌아오니 엄마가 떡하니 서서 나를 기다리고 있었다.

심상치 않은 분위기에 그대로 도망치고 싶은 마음이 들었다. 하지만 나는 뱀이 주시하고 있는 개구리처럼 꿈쩍도 할 수 없었다.

"……이게 대체 뭐야?"

엄마가 손에 들고 있는 것은 예금통장이었다.

우버 이츠 수입금을 송금받기 위해 만든 통장이었다. 하지만 송금 내역 확인은 거의 스마트폰으로 확인하고 있어서 통장에 기입된 내역은 없었다. 아직 변명의 여지는 있다. 나는 필사적으로 변명을 떠올렸다.

하지만 내가 입을 떼기도 전에 엄마가 통장을 펼쳤다.

"도이츠 은행이 뭔지 설명해 봐."

도이츠 은행 UBE. 우버 이츠 수입금은 이곳으로부터 송금된다. 이제까지 내가 배달로 번 수입 내역이 모두 종이에 찍혀 있었다.

나는 버럭하고 소리를 질렀다.

"내 물건 만지지 말랬잖아!"

통장을 낚아채려는 나를 피해 엄마는 몸을 살짝 비틀었다.

"지금 무슨 짓을 벌이고 있는 거야? 이건 무슨 꿍꿍이냔 말이야?"

엄마의 미움 가득한 시선이 나에게 내리꽂혔다. 엄마에게 나는 성가신 존재인 것이다.

"꿍꿍이 같은 거 한 적 없어. 우버 이츠에서 배달 일을 한 것뿐이야."

"우버 이츠? 아르바이트는 금지인 거 몰라?"

엄마의 날카로운 목소리에 나는 아무 대답도 할 수 없었다.

우버 이츠 일은 아르바이트가 아니라 업무 위탁이에요. 학교에 걸리면 그렇게 말하려 계획했던 농담 같은 변명이 엄마에게 통할 리 없었다.

엄마는 그대로 자리에 주저앉아 울음을 터뜨렸다.

"……도대체……도대체 왜…… 돈이 필요하면 말하면 되잖아. 엄마밖에 없다고 해서 네가 불편한 일을 겪지 않게끔 이렇게 노력하고 있는데. 지금까지 준 용돈으로는 부족했던 거야? 스쿠터까지 사줬잖아."

오열하는 엄마 옆에서 나는 가만히 서 있었다.

아니야 엄마. 나는 혼자 힘으로 돈을 벌고 싶었던 거야. 그 돈으로 자립이 하고 싶었던 거라고.

더 이상 엄마를 힘들게 하고 싶지 않아서 엄마 앞에서 사라지고 싶었어. 엄마가 나를 미워한다는 걸 뻔히 알면서 함께 있는 것이 힘들었다고.

그런 생각을 하며 아무 말도 하지 않고 있는 나에게 엄마는 땅이 꺼질 듯한 낮은 목소리로 말했다.

"……꼭 지아빠를 닮았어. 내가 모르는 데서 몰래 일을 벌이는 거."

차갑게 식은 피가 거꾸로 치솟는 기분이었다.

엄마는 항상 나에게서 아빠의 모습을 찾았다. 끝도 없이. 언제까지나.

"나는 아빠가 아니라 엄마 딸이야. 나를 똑바로 보란 말이야."

나는 담담하게 말했다.

흠칫 놀라 고개를 든 엄마와 한순간 눈이 마주쳤고, 나는 그대로 집을 뛰쳐나왔다.

＞　＞　●

잊고 싶어도 잊을 수 없었다.

아빠는 이제 집으로 돌아오지 않을 거라는 말을 들은 날.

아무런 전조도 없이 온 세상이 새까맣게 변한 날.

달이 태양을 가리고 달조차 보이지 않았던 날.

무서웠다. 나는 그날 아빠뿐만이 아니라 전처럼 즐겁게 웃는 엄마를 함께 잃었다고 생각했다. 무엇을 어떻게 하면 좋을까. 불안하고 또 불안해서 어찌할 바를 몰랐다.

밤바람, 밤바람.

너가 있어서 다행이야. 아무 곳이나 나를 데려가 줘.

이렇게 된 이상 고등학교를 졸업할 때까지 기다릴 수 없었다.

눈물로 눈앞이 흐려졌다. 어슴푸레한 해 질 녘에 나는 어디로 향해야 할지 알 수 없었다. 사람들 눈에 띄지 않는 길을 고르고 골라 내달렸다.

그때 눈앞으로 검은 고양이가 지나갔다. 깜짝 놀라 핸들을 꺾으려 하다 한순간에 평형감각을 잃고 말았다. 그러고는 엄청난 소음과 함께 눈앞이 깜깜해졌다.

"……아파……."

정신을 차려보니 내 몸이 아스팔트 위에 내동댕이쳐져 있었다. 왼쪽 팔에 강한 통증이 느껴졌고, 치마 밑으로 드러난 무릎이 쓸려있었다.

머리를 박았는지는 기억나지 않지만 머리에 충격이 가해지지는 않은 듯했다.

헬멧을 벗으며 비틀비틀 일어서서 주위를 둘러봤다. 밤바람은?

차도 한켠에 밤바람이 넘어진 채 늘어져 있었다. 발을 절룩거리며 밤바람 곁으로 다가갔다.

나는 밤바람을 일으켜 세웠다. 거울이 깨져 있었고, 차체도 더 많은 상처가 난 데다 여기저기 찌그러져 있었다.

"미, 미안해……미안해."

밤바람의 대답이 듣고 싶어서 나는 킥스타터를 밟았다.

하지만 시동이 걸리지 않았다. 밤바람은 아무 말도 하지 않았다.

"안 돼……. 밤바람. 밤바람!"

나는 눈물을 흘리며 몇 번이고 킥스타터를 밟았다. 꿈쩍도 하지 않는 밤바람은 생기를 완전히 잃은 듯했다.

시간은 오후 5시를 넘어섰고, 해가 저물면서 주위는 점점 어두워졌다. 여기가 어디지. 자켓 주머니에 넣어둔 스마트폰이 무사한지 확인한 후에 지도 앱을 켰다.

아무래도 무의식 중에 히가시료쿠치 공원 쪽으로 달려와 지금은 그 근방에 있는 듯했다. 주택지를 이미 지나온 후라 사람이 없었던 덕에 아무에게도 피해를 주지 않은 것이 다행이었다. 어떡하지? 나 어떻게 해?

아! 일단 밤바람을 산 오토바이 가게에 전화를 하면 되겠다.

서둘러 전화를 걸자 기계음의 안내 목소리가 흘러나왔다.

"지금 거신 번호는 없는 번호입니다."

……뭐?

왜지? 나는 당황했다. 하지만 금방 다른 방법이 떠올랐다. 그러고 보니 가게 아저씨가 휴대폰으로 전화를 걸어온 적이

있어서 무슨 일이 있을지 모른다는 생각에 그 번호를 등록해

둔 것이 기억났다.

전화번호를 찾아서 통화 버튼을 누르자 통화연결음이 한동

안 이어지다 아저씨의 퉁명한 목소리가 들려왔다.

"……누구야?"

"저, 전에 그 가게에서 베스파를 산 아이자카라고 합니다.

운전 중에 넘어져서 스쿠터에 시동이 안 걸려서요."

"아아."

아저씨는 귀찮다는 듯 한숨을 내쉬었다.

"휴대폰 번호를 알려줬던가? 근데 미안하지만 이제 그 가게

를 그만뒀거든."

"아니, 그래도."

"그때도 곧 가게 문을 닫는다는 지인한테 가게 한켠을 빌려

서 중고차를 싸게 팔았던 거야. 사고가 난 거면 혼자서 잘 해

결해 봐."

"혼자서……."

"이제 이쪽으로는 전화하지 말고."

전화가 끊겼다.

이럴 수가. 아저씨만큼은 내 편이라고 생각했는데.

나는 입술을 깨물었다. 이제 이쪽으로는 전화하지 말고, 라

고 말하는 미운 목소리가 머릿속에서 울렸다.

그래, 나는 나 혼자서는 아무것도 할 수 없는 애인 거야. 온 세상이 나를 미워하고 밀쳐내. 한심한 나는 밤바람을 이렇게 만들고도 아무것도 해줄 수 없어서…….

무릎에서 흘러나온 선혈이 종아리를 타고 흘러내렸다.

"……엄마."

입술에서 이런 말이 튀어나왔다.

언제나 나는 이런 순간에 엄마를 찾고 마는 걸까.

엄마가 나를 사랑하지 않는다는 걸 알고 있는데. 그래서 빨리 엄마 곁을 떠나고 싶은 건데.

그럼에도 내 몸이 가장 원하는 건, 어리광을 부리고 싶은 건, 왠지 이유는 알 수 없지만 엄마뿐이었다.

엄마, 엄마, 엄마. 나 지금 아파. 어떻게 해야 할지 모르겠어. 도와줘. 눈물이 투둑투둑 떨어져 나는 내 몸을 꽉 끌어안았다.

외로움 속에서 그다음으로 진 군의 얼굴이 떠올랐다. 그리고 연쇄작용처럼 자연스럽게 떠올린 것은 얼마 전에 진 군에게 들은 극단 호루스에 오토바이 가게에서 일하는 배우가 있다는 이야기였다.

진 군에게 민폐일지도 모른다. 하지만 어떻게 해서든 밤바람을 지켜내야 했다. 떨리는 손으로 스마트폰을 고쳐잡았다.

라인 앱을 열어 나는 유일한 '친구'에게 메시지를 보냈다.

진 군에게 사정을 설명하자 진 군은 곧장 '히로키'라는 배우에게 연락을 넣어주었다. 다행히도 때마침 히로키 씨가 오토바이 가게에서 아르바이트를 하고 있다고 했다.

히로키 씨는 써니오토라고 쓰인 경트럭을 타고 곧장 달려와줬다.

해가 저문 어둠 속에서 헤드라이트가 나를 향해 달려오는 것을 보고 나는 얼마나 안도했던가.

경트럭 짐칸에 슬로프를 설치한 후 히로키 씨는 밤바람을 조심히 짐칸에 실었다.

"괜찮아요. 실력 좋은 정비사를 알거든요."

히로키 씨의 밝은 목소리에 나는 울면서 몇 번이고 머리를 숙였다. 진심으로 고마웠다.

"근데 진짜 깜짝 놀랐어. 진 군이 엄청 큰 목소리로 전화를 걸어와서 무슨 일인가 했지. 나도 고등학생이 되면서 그런 이야기 많이 듣긴 했는데, 최근에 전화로 들으면 진 군 목소리가 아버지 목소리랑 똑같거든. 처음에는 류 단장님한테 혼날 일이 있나? 생각했다니까."

가미시로 류 단장님, 진 군의 아버지를 나는 아직 한 번도 만나본 적이 없었다.

히로키 씨는 내 다리를 가리키며 말했다.

"무릎에서 피가 나네."

"괜찮아요. 까지기만 한 걸 거예요."

"빨리 병원에 가봐. 머리가 다쳤을지도 모르니까 치료도 받고 검사도 받는 게 좋을 거야."

히로키 씨는 곧바로 야간 진료가 가능한 병원을 검색해 연락을 넣어줬고, 나를 조수석에 태워 병원까지 데려다주었다.

의사 선생님은 몸 이곳저곳을 검사한 후에 지금은 딱히 이상 소견이 보이지 않지만 만일을 위해 하룻밤 입원해서 상태를 지켜보자고 했다. 상황이 이렇게 되면 또 병원으로부터 "보호자분께 연락을"이라는 요구를 받게 된다.

이제 그런 일로 실망하지 않는다. 나는 아직 혼자서는 아무것도 할 수 없다는 것을 뼈저리게 깨우친 후였다.

나는 엄마의 스마트폰으로 전화를 걸었다. 예상은 했지만 부재중 전화로 넘어갔고, 나는 음성사서함에 스쿠터를 타고 가다 넘어졌다는 사실과, 문제가 없어보이지만 만일에 대비해 하룻밤 입원한다는 사실과, 병원 이름을 남겼다.

하룻밤 입원하는 것쯤은 아무 일도 아니었다. 내일 집에 돌아가면 엄마는 분명 나를 또 멸시하는 눈빛으로 쳐다보겠지.

어쩔 수 없는 일이라고 각오를 다지며 침대에 누워 잠에 들려고 할 때, 복도에서 쿵쿵쿵 하고 발소리가 울렸다.

"나치!"

머리카락을 휘날리며 병실로 뛰어 들어온 엄마는 재빠르게 내곁으로 달려와 나를 향해 손을 뻗었다.

한대 얻어맞겠다는 생각에 몸을 움츠렸는데, 엄마는 나를 와락 끌어안았다.

몸이 으스러질 만큼 강하게 더 강하게.

"나치……나치, 괜찮아? 아픈 곳은 없어?"

"……응."

"그럼 됐어……."

나를 끌어안은 채로 아이처럼 울던 엄마는 브라운색 앞치마를 걸치고 있었다. 가슴께에 도시락 가게의 로고가 새겨져 있었다. 일을 하다 음성사서함을 듣고 옷도 갈아입지 못한 채 뛰어온 것이다.

엄마가 이렇게 작았던가.

아빠가 집을 나간 후에 어떻게 해야 할지 몰라 난처했던 건 나보다 엄마였을 테다. 엄마도 엄마이기 이전에 한 명의 사람이었던 것이다.

그리고 아마도 내가 먼저 엄마를 피하기 시작했었다. 엄마가 나를 싫어한다고 생각하기 전에 엄마도 내가 엄마를 싫어한다고 생각했을지도 모른다. 미움받으며 함께 지내는 건 힘든 일이라고, 서로가 그렇게 생각했을지도 모르겠다.

나한테 엄마는 사실 너무 소중한 사람이야.

"……걱정하게 해서 미안해."

나는 말했다.

엄마는 아무런 대답 없이 나를 감싸안은 채 손으로 내 몸 여기저기를 쓰다듬었다. 내 존재를 확인하려는 것처럼.

>)) ●

일주일이 지난 뒤 밤바람이 돌아왔다.

히로키 씨가 써니오토의 경트럭에 실어 주차장까지 가져다주었다. 밤바람은 보기에도 에너지가 넘치는 듯 빛이 났다.

킥스타터를 밟았다. 밤바람이 이전보다 더 기운차게 부르르르릉! 하고 대답했다.

"다카바 씨라는 정비사가 있는데 고장 난 곳과 함께 여기저기를 손봐주셨나 봐. 사정을 설명했더니 처음에 산 곳이 나쁜 업자였을지도 모르겠다고 걱정하시더라고. 오일도 교환하고 에어필터 청소도 해주셨어. 그런 건 다 서비스고, 돈은 수리비만 받으시겠다고 해.”

“그……그래도 돼요?”

“괜찮지. 다카바 씨가 최근에 손주를 보셨거든. 그동안 2G 휴대폰만 고집하시더니 갑자기 스마트폰으로 바꾸더라고. 딸이랑 사위가 보내주는 아기 사진과 영상을 나한테도 자랑할 정도로 엄청 기분이 좋으셔.”

밝은 장소에서 히로키 씨의 웃는 얼굴을 보자 나는 불현듯 그를 오래 전부터 알고 있었던 것 같은 기분이 들었다. 하지만 어쩌면 극단 호루스의 전단에서 얼굴 사진을 본 적이 있기 때문일지도 모른다. 사진 속 히로키 씨는 진한 화장을 하고 있었지만.

“그치만 아무리 기분이 좋다고 해도 만난 적도 없고 좋아하지도 않는 사람을 위해서 왜 그렇게까지 해주시는 걸까요?”

히로키 씨는 고개를 흔들었다.

“좋고 싫고 그런 문제는 아니지. 그냥 누군가의 도움이 되고 싶다는 한 사람 한 사람의 마음이 세상을 움직이는 거라고 생각해. 내가 연극을 하는 이유도 그런 거고.”

“누군가요?”

“잘은 모르겠지만 누군가. 내가 아닌 누군가.”

히로키 씨는 어딘가 먼 곳을 쳐다보며 옅은 미소를 띠었다.

"그게 누구인지는 모르겠지만, 분명한 건 그런 문제가 아닐 거야."

11월도 이제 끝이다.

숨을 내쉬면 하얀 입김이 피어올랐다. 나는 밤바람을 타고 진 군에게 향했다.

그 후로 나는 입시 공부를 시작했다. 너무 늦었을지도 모르지만 도전하지 않는 것보다 훨씬 나은 일이었다.

특대생 제도(성적이 우수한 학생을 대상으로 학비 일부 혹은 전액을 면제하거나 장학금을 지급하는 제도. 특별대우학생을 줄여 특대생이라고 한다. - 옮긴이)와 장학금에 관해서도 알아보고 내가 할 수 있는 방법으로 세상으로 나아가보기로 했다.

참새벌은 베스파.

참새는 파세로야.

얼마 전에 산 이탈리아어 사전을 통해 알게 된 단어를 진 군에게 알려줬다.

귀여운 발음. 이런 사소한 계기로 이탈리아어에 흥미를 느끼고 더 알아가고 싶다고 생각하는 것도 틀리지 않았다. 그리고 언젠가는 밤바람의 고향에 가보려 한다.

아르바이트는 공연이 시작되는 일주일 후에 끝나겠지. 조금 쓸쓸한 마음이 들지만 그래도 한 매듭을 짓기에 좋은 타이밍일지도 모른다. 봄부터 무대미술을 공부하는 진 군과 당당하게 다시 만날 수 있도록 나도 열심히 공부해서 단과대 대학생이 되어야지.

초인종을 누르자 진 군이 나타났다.

오늘 내가 맡은 일은 커다란 천의 끝과 끝을 겹쳐서 잇는 작업으로, 진 군은 하얀 종이꽃을 만드는 작업을 이어갔다.

진 군이 만든 종이꽃을 잘 들여다보니 꽃잎의 모양과 종이의 조합을 조금씩 바꿔가며 다양한 종류를 만들어냈다.

"너 진짜 잘 만든다. 배운 적이 있는 거야?"

내가 감탄하며 묻자 진 군은 잠시 뜸을 들이며 대답했다.

"……어머니가 페이퍼 아트 작가셔. 배운 건 아니고 그냥 따라 해보고 싶다고 생각만 하고 있지."

진 군은 가위질을 멈추고 만들고 있던 꽃을 바라봤다.

"작업을 하는 어머니는 참 아름다웠어. 무서울 정도로 말이야. 엄청나게 집중한 모습이 꼭 다른 사람처럼 보여서 말을 걸 수도 없었다니까."

나는 아무 말도 할 수 없어 그저 진 군을 쳐다봤다.

진 군의 목소리가 평소보다 더 작아졌다. 그래서 나는 귀를 기울였다. 그 말을 온전히 받아들이고 싶어서.

"초등학생이 막 됐을 때 아버지랑 크게 싸운 어머니가 헤어지자고 소리 지르면서 진은 누구를 따라갈 거냐고 물어보더라고. 그건 절대 고를 수 없는 건데도, 나는 작업에 몰두하는 어머니의 방해가 될지도 모른다는 생각에……."

진 군의 목소리가 떨렸다.

어린 진 군은 그런 이유로 아버지를 선택했다.

"내가 엄마를 도려내 버렸어."

진 군은 테이블에 팔꿈치를 얹고 양손을 이마에 얹었다. 얼굴을 가리려는 듯한 자세로 그는 눈물을 참아냈다.

진 군의 아픔이 느껴져서 나도 슬퍼졌고, 이렇게 우리는 이어져 있구나 하는 생각을 했다. 우리는 꼭 하나의 대나무숲에 있는 한 그루의 대나무 같았다.

그렇다면 내가 마음속으로 진 군이 밝아지길 바란다면 그 마음이 전해져서 진 군이 웃을 수 있을까?

나는 자리에서 일어나 진 군의 등뒤를 살포시 감싸안았다.

이제 알았거든.

이렇게 서로의 몸을 안고 있으면 마음이 놓인다는 것을. 문제가 해결되지 않더라도, 기적이 일어나지 않더라도, 그냥 내가 여기에 있어도 된다는 포근한 마음이 차오르는 것. 병원에서 엄마가 나를 끌어안았을 때를 떠올렸다. 나는 그것이 필요했던 것이다.

진 군이 천천히 몸을 돌려 일어섰다.

그의 볼은 눈물로 젖어있었다. 잠시 동안 서로의 눈을 마주 보다 보니 내 눈에서도 한줄기의 눈물이 떨어졌다.

이 마음을 공감이라고 하는 건지, 우정이라고 하는 건지는 알 수 없다. 그냥 진 군이 자연스럽게 내민 팔에 몸을 맡긴 채 나는 눈을 감았다.

우리는 나와 상대를 구분할 수 없을 만큼 강하게 끌어안고 체온을 하나로 녹여냈다.

무력한 우리는 그런 것밖에 할 수 없었고, 그렇지만 분명 그걸로 충분했다.

5

와
이
어
의
빛

작은 방에서 혼자 작은 돌과 마주하고 있으면 내가 현실세계와 크게 동떨어진 곳에 있는 기분이 든다.

나와 돌. 빛나는 와이어. 손에 익은 도구들. 말 없는 '친구'들에 둘러싸여 나는 숨을 고르며 액세서리를 만든다.

아트리에용으로 빌린 원룸은 마치 내 안식처 같다. 무엇으로부터도 방해받지 않는 나만의 소중한 공간.

누군가를 장식하고 누군가를 치유하고 누군가에게 위로가 되기 위한 작품을 만들 수 있다면, 나는 이곳에서 언제까지고 손을 멈추지 않을 것이다.

고독을 그 무엇보다도 사랑하는 마음으로.

남편 쓰요시에게 오늘도 아틀리에에서 자고 가겠다고 라인으로 연락하자 곧바로 OK라고 쓰인 스탬프가 도착했다.

내가 집으로 귀가하지 않고 아트리에에서 칩거 아닌 칩거를 하는 것에 대해 그가 불만을 표한 적은 한 번도 없었다. 허락을 구하는 것이 아니라 통보였다.

쓰요시는 언제나 마이페이스인데다 감정 기복이 없는 편이다. 식품 제조업체 총무부에서 일하는 성실한 사람으로, 나의 전 직장동료이기도 하다. 부모님도 처음부터 그를 마음에 들어했다. 너에게는 저 정도로 느긋한 사람이 어울릴 거라며.

고마워라고 쓰인 스탬프를 보내고 나는 스마트폰을 책상에 내려놓았다. 고맙다는 인사는 뭔가 맞지 않는 것 같다고 생각하면서.

나는 수제 액세서리를 만들어 판매한다. 주로 천연석이나 씨글라스를 써서 와이어로 고정하는 것이 특징이다.

결혼 전부터 나는 액세서리를 만드는 데 빠져서 워크숍에 참가하거나 혼자서 이런저런 작품을 만들거나 하며 취미활동을 즐겼다.

와이어로는 자유로운 표현을 할 수 있다는 점이 재미있었다. 돌을 감싸기도 하고 휘감기도 하며 조금만 디자인을 바꿔도 액세서리의 표정이 순식간에 달라졌다. 와이어에도 다양한 색상과 굵기, 모양이 있어서 어떤 와이어와 어떤 돌을 조합하면 좋을지를 생각하면 할수록 끝없이 아이디어가 떠올랐다.

액세서리를 만들어 혼자 쓰는 것만으로는 만족이 되지 않아, 친구에게 선물하거나 프리마켓에서 판매하게 되기까지 많은 시간이 걸리지는 않았다. 선물을 받은 친구는 기뻐했고, 프리마켓에서도 인기가 많아서 기쁜 마음에 더 욕심을 냈다.

스물다섯 살에 결혼을 하면서 회사를 그만뒀다. 그후 주 3일 아르바이트를 시작했고, 시간적 여유가 생기면서 나는 몇 번인가 이용해 본 적 있는 핸드메이드 온라인 쇼핑몰 '라스타'에 출점해 보기로 했다.

'mina'라는 이름이 내 작가명이자 작품 브랜드명이다. 그렇지만 내 본명은 '미나'가 아니라 '무쓰코'이고, mina는 결혼하기 전의 성인 '미나미자와'에서 따온 것이다. 현재의 본명은 기타지마 무쓰코다.

라스타에 출점한 지 3개월 정도가 지났을 때부터 갑자기 주문이 몰려들기 시작했다. 이후로는 큰 문제 없이 매상이 늘어났다.

나에게 어떤 상술이 있거나 해서가 아니라 라스타가 '추천

아이템'으로 내 작품을 선정해 메인 페이지 상단에 노출해 준 것이 계기였다. 많은 가게들 중에서 손님들 눈에 먼저 띄려면 그 정도의 도움이 필요한 것이다.

호의적인 리뷰가 여럿 달리자 라스타는 또다시 나를 추천해 주었다. 그러자 한층 더 구매폭이 넓어졌고, 그렇게 재구매와 판매지수가 쌓이다 보면 작품의 완성도와는 별개로 절대적인 신뢰를 얻게 된다는 사실을 나는 알고 있었다.

그 '절대적인 신뢰'로 인혜 대형 핸드메이드 이벤트 및 전시 판매회사로부터 연락을 받곤 했고 회를 거듭할수록 놀라울 만큼의 수익을 올리게 되었다. 또 그곳에서 만난 신규 손님들이 라스타를 찾아주었다.

호순환이었다. 더 이상 아르바이트를 계속할 필요가 없었다. 지금 이 흐름이 끊기지 않도록 나는 계속해서 작품을 만들어갔다.

12월에 들어서자 크리스마스 선물용 주문이 급증했다. 포장에는 빨강과 초록 리본을 쓰거나 호랑가시나뭇잎으로 장식을 더하는 것만으로도 기뻐해 주는 손님이 많아서 포장과 장식을 옵션으로 제공했더니 주문이 더욱 늘었다.

일이 바빠졌다.

나는 접시에 스위트 오렌지 오일을 떨어뜨린 후 아로마 램프에 전원을 켰다. 아로마 램프는 향이 은은해서 13평짜리 작은 방에서 쓰기에는 향초나 디퓨저보다 적당했다.

좋아하는 감귤계향을 가득 품은 방에서 작업에 집중했다. 이루 말할 수 없이 행복한 시간이었다.

그때 스마트폰에서 벨소리가 울렸다. 깜짝 놀라 화면을 확인하니 시어머니에게서 걸려온 전화였다.

받을까 말까 잠시 고민하다가 혹시 급한 일이 있을지도 모른다는 생각에 나는 스마트폰을 집어 들었다.

"여보세요."

"여보세요. 무쓰코니? 혹시 긴토키 콩(金時豆. 작두콩의 한 종류. 일본에서는 붉은빛을 띠는 이 콩을 달게 졸여 먹는다. – 옮긴이) 좋아하려나?"

긴토키 콩. 나는 쓴웃음을 지으며 대답했다.

"아, 네."

"다행이다. 쓰요시는 별로 안 좋아하거든. 홀라반 소네타 씨가 한보따리 가져다줘서 졸여볼까 하는데 우리끼리는 다 못 먹을 것 같으니까 가져다줄게."

"……감사합니다."

전화를 받지 말 걸 그랬다고 후회하며 나는 스마트폰을 고쳐잡았다.

외동아들인 쓰요시는 결혼 전까지 부모님과 줄곧 함께 살았다. 그리고 결혼 후에는 집에서 걸어서 십 분 거리에 있는 아파트를 빌려 나와 함께 살고 있다. 3년 전의 일이다.

주변을 챙기길 좋아하는 시어머니의 연락을 처음부터 귀찮아한 것은 아니었다. 같이 사는 것은 어려워도 말하자면 '국이 식지 않는 거리'에서 살면서 각자의 사생활을 존중하고 배려하며 지낼 수 있을 거라 생각했다.

그도 그런 것이 시아버지도 시어머니도 좋은 사람임에는 틀림없었다.

시아버지는 분재 키우는 것을 좋아하는 조용한 성격이다. 그리고 시어머니는 훌라댄스, 민요, 수화 등등 활동 범위도 교우 관계도 넓은 편이다. 수다를 좋아해서 만나면 끊임없이 재잘거리며 지인들의 소문을 퍼다 날랐다.

"근데 빨라도 내일이나 돼서 만들 것 같은데 괜찮으려나?"

"네, 내일은 집에 있을 거예요."

그렇게 말하고 아차 하고 말았다. 오늘은 집에 없다는 이야기와 다름없기 때문이다.

아니나 다를까 시어머니는 목소리를 크게 높여 말했다.

"뭐야. 오늘은 와이언가 뭔가를 하고 있는 거야?"

"……네, 12월에는 주문이 많아서요."

라스타가 또 한 번 추천해 준 내 '와이어 액세서리'도 시어머니 눈에는 '와이언가 뭔가'가 되고 만다. 몇 번을 다시 알려줘도 외울 마음이 없으신 듯하다.

"다치지 말고. 그럼 내일 가기 전에 다시 전화하마."

"네, 연락 주세요."

나는 전화를 끊고 큰 한숨을 내쉬었다. 피곤이 몰려왔다.

시어머니에게는 온라인 판매가 무엇인지, 내 액세서리가 얼마나 인기인지, 그리고 왜 그렇게 평이 좋은지도 전혀 이해되지 않으실 거다. 잘 모르겠지만 와이어로 펜던트나 귀걸이 같은 것을 만들어서, 잘 모르겠지만 그걸 어떻게 팔아서, 잘 모르겠지만 바쁜가 보다 하는 정도의 인식이겠지.

사실 그건 쓰요시도 다르지 않았다. 쓰요시 인생의 즐거움이라고는 매일 밤 술 한잔과 TV에서 하는 개그 프로그램을 보는 것 정도여서 그는 '만들기'를 통한 설레임 같은 것을 느껴본 적이 없다고 했다. 그런 쓰요시에게 액세서리란 이 세상에서 가장 불필요한 산물임에 틀림없었다.

그래도 언제나 기복 없이 한결 같은 쓰요시는 시부모님과 마찬가지로 '좋은 사람'이었고, 결혼 생활은 큰 이벤트가 없는 대신 매일이 평화로웠기 때문에 나는 지금의 생활에 대체로 만족했다.

그러나 언젠가부터 점점 내 안에서 변화가 일었다. 집안에 쓰요시가 있으면 나는 마음먹은 대로 액세서리를 만들 수 없었다.

우리가 살고 있는 방 2개와 거실이 딸린 아파트는 도쿄에서 부부가 함께 살기에 아주 평범한 구조다. 거실과 침실 이외에 남는 9평짜리 방 하나는 책이나 옷, 미리 사둔 생활용품 등을 보관하기 위해 거의 창고처럼 사용했고, 결혼 당시부터 나는 그 방 한켠에 타상을 놓고 작업했다. 그냥 즐거웠던 취미 생활이 제대로 된 비즈니스로 확장될 줄은 생각도 못하고.

이거 참, 하고 생각한 건 딱 1년 전의 일이었다. 쓰요시와 둘이서 저녁밥을 먹고 설거지를 한 다음에 나는 평소처럼 창고방에 틀어박혀 작업에 집중했다.

펜던트 디자인을 위한 스케치 중이었는데 불현듯 저 먼 곳에서 온 무언가와 연결된 듯한 기운이 온몸으로 전달됐고, 나는 그 무언가에 이끌린 듯 연필을 움직였다. 됐다. 이번엔 굉장한 물건이 나오겠다. 그런 확신을 느끼면서.

그때 거실에서 텔레비전에서 하는 버라이어티 방송을 보고 있던 쓰요시의 웃음소리가 들려왔다.

딸깍, 하며 조금 전까지만 해도 느껴졌던 '무언가'와의 연결이 끊어졌다. 그리고 그 후로 다시는 이어지지 않았다. 나는 눈앞에 놓인 스케치를 바라보며 망연자실했다.

그후로 나는 액세서리를 만들 때면 쓰요시에게서 나오는 온갖 소리와 기척에 예민해질 대로 예민해지고 말았다.

웃음소리, 냉장고 문을 열고 닫는 소리, 걸을 때 바닥으로 전달되는 진동, 화장실에서 물을 내리는 소리. 그런 기척들로 내 집중은 너무 쉽게 흐트러졌다.

쓰요시 입장에서 보면 너무나도 자연스럽게 나오는 생활소음이었다. 일부러 시끄럽게 하려고 하는 것은 아니라서 그에게 잘못은 없었다.

처음에는 그가 회사에 출근해 있는 동안만 작업을 하면 되려니 생각했다. 하지만 스스로 통제할 수 없는 '무언가가 내려오는 타이밍'이란 게 있어서 나로서도 그것이 언제 올지는 전혀 예측할 수 없었다.

저녁부터 작업을 시작해서 "왔다!" 하고 작업에 속도가 붙은 그때 쓰요시가 퇴근해 집으로 돌아오는 우연의 일치가 자주 일어났다. 그러면 또다시 무언가가 끊어졌다. 움켜쥐었다고 생각한 무언가가 손가락 사이로 빠져나가 눈 깜짝할 새에 멀리 사라져 버렸다. 나는 원래라면 이 세상에 나왔어야 했을 여러 개의 작품을 놓치고 말았다는 생각이 들었다. 그리고 무엇보다도 괴로웠던 것은 그것이 쓰요시의 탓인 양 생각이 들었다는 점이다.

시어머니의 존재도 간과할 수 없었다. 아침, 점심으로 제법 빈번하게 초인종을 울려 댔고 집에 없는 척을 하기도 뭐해서 밖으로 나가보면 대개 뭔가를 가지고 왔다거나 할 말이 있다거나 해서 집으로 들어와 차를 마시고 가곤 했다.

나는 시어머니의 방문을 거절할 수 없었다. 집에 있으면서 "일 때문에 바빠서"라고 말하기가 어려웠던 것이다.

찜찜한 마음이 언젠가부터 내 안에 침전물처럼 쌓이기 시작했다. 그러던 어느 날 내 연수입이 쓰요시를 넘어섰다는 사실을 깨달았고, 그 마음은 더 이상 누를 수 없게 됐다.

좀 더.

좀 더, 좀 더 나는 내 작품을 만들어내고 싶어.

그러기 위해선 나 혼자만의 공간이 필요해.

그래서 나는 집 근처에 작업실을 빌리고 싶다고 쓰요시에게 내 생각을 전했다. 재료와 작품을 관리할 수 있는 공간도 필요하고 액세서리 제작에 집중할 수 있는 환경을 만들고 싶다고.

쓰요시는 아무런 반대도 하지 않았다. 그렇게 하라며 무심히 대답할 뿐이었다. 이해심 있는 남편이다. 틀림없이, 그랬다. 내가 하는 일에 아무런 관심이 없다 할지라도.

"작업실까지 빌리는 건 너무 사치잖니"라고 반대할 거라 생각했던 시어머니도 아무 말을 하지 않았다. 그보다 그냥 역시 잘 모르겠다고 생각하는 것일지도 몰랐다. 그냥 갑자기 우리 집에 들려도 내가 없다는 사실만은 깨달았는지 전화가 더 빈번하게 걸려왔다.

썩 납득이 가지는 않지만 전화는 받지 않는다는 선택을 할 수 있으니 훨씬 나은 편이었다. 결국은 전화를 받는 쪽을 선택했지만.

나는 노력했다고 내 스스로에게 말했다. 좋아하는 일을 마음껏 하고 있으니 나는 행복한 거겠지. 더 관심을 가져달라고 인정해달라고 말한다면 분명 천벌을 받을 것이다.

꙾ ꙾ ●

며칠 후에 인스타그램 DM을 통해 문의가 들어왔다.

내 작품에 관심을 가져준 출판사로부터 와이어 액세서리를 만드는 법에 관한 책을 출간해 보자는 제안이었다. 이럴 수가. 반신반의하는 마음에 곧바로 기뻐하지는 못했다.

그후 DM을 통해 교환한 메일 주소로 연락을 주고받았다. 연락을 준 편집자는 시노미야 씨라는 여성이었다. 기획서에는 내 작품의 어떤 부분이 좋았는지, 또 독자들에게 어떻게 소개하고 싶은지가 열정적으로 쓰여있었다.

그리고 가능하면 직접 뵙고 이야기를 나누고 싶다는 요청을 받았다.

나는 기획서를 찬찬히 세 번 읽은 후에 꼭 한 번 뵙고 싶다는 답장을 보냈다. 그러자 또 곧장 답장이 왔고, 시노미야 씨는 내 일정을 물었다. 일처리가 참 빠른 사람이네. 이 일에 대한 상대방의 열의가 느껴졌고, 나는 그런 자세에 호감을 느꼈다.

일정이 정해지자 시노미야 씨는 처음보다 친근한 말투로 메일을 보내왔다. 말미에는 "여담이지만, 편집부 직원끼리 돌아가면서 팟캐스트 방송을 만들고 있어요. 괜찮으시면 시간 되실 때 한번 들어주세요"라는 추신이 보였다.

앱을 설치하지 않고도 컴퓨터에서 구글 팟캐스트를 이용해 인터넷으로 시청할 수 있다는 추가 설명 아래에 URL이 쓰여 있었다. URL을 클릭하자 〈편집자들의 감사 토크〉라는 제목이 나타났다.

'감상 가능한 에피소드'라는 글자 밑으로 방송 일람이 보였고, 방송은 각각 30분 가량의 분량이었다.

팟캐스트라는 것이 있다는 것은 알고 있었지만 실제로 방송을 듣는 것은 처음이었다. 시노미야 씨일 것으로 추정되는 편집자의 즐거운 토크를 흥미롭게 듣고 나서 그 밖에는 어떤 방송이 있나 하는 생각에 '프로그램 살펴보기'를 클릭했다.

상단에 '인기/핫이슈'라는 글자가 보였고 그 아래로 다양한 장르의 방송이 카테고리별로 나뉘어 있었다. 사회, 문화, 교양, 아트, 비즈니스, 테크놀로지, 피트니스……. 방송은 누구나 무료로 업로드 할 수 있는 듯했다. 자신만의 이야기를 하고 싶은 사람이 다방면으로 이렇게나 많구나.

그중에서 비교적 관심이 가는 '사이언스' 카테고리를 클릭했다. 천문, 기상, 식물, 생물. 강연처럼 보이는 방송, 마치 만화 같은 방송, 그냥 보기에도 장난스러워 보이는 방송 등등 방송마다 각자의 색깔이 보였다. 설렁설렁 화면을 훑어보다 문득 하나의 타이틀에 시선이 멎었다.

〈달도 끝도 없는 이야기〉. 제공자는 다케토리 오키나라고 쓰여있다.

네이비 블루에 새 하얀 손글씨가 새겨진 아이콘의 심플함이 오히려 더 인상적이었다. 제목과 제공자 이름의 조합에 뭐라 할 수 없는 호기심을 느끼며 제일 상단에 보이는 방송을 클릭해 보았다. 스피커에서 남성의 부드러운 말소리가 흘러나왔다.

"대나무숲에서 보내드립니다. 다케토리 오키나입니다. 가구야 공주는 잘 지내고 있으려나."

다케토리 이야기 컨셉이구나. 나는 귀를 기울였다. 가벼운 인사 후에 다케토리 오키나는 우수에 젖은 말투로 이야기를 시작했다.

"최근에 종종 그런 생각을 해요. 우리가 항상 달을 보고 있는 것처럼 우리가 달에 있다면 항상 지구를 보고 있겠구나 하고요."

생각에 잠긴 듯이 그는 말했다.

"아폴로 8호가 촬영한 '지구돋이' 사진을 본 분도 많을 거라 생각합니다. 달 지평선 저편으로 지구가 떠오르는 그 사진입니다. 달에서 본 지구는 지구가 본 달 크기의 4배여서 상당히 크게 볼 수 있죠. 아시겠지만 지구는 푸르르죠. 그 아름다움은 다른 무엇과도 비할 수 없어요. 예를 들어 달에 문명을 갖지 않은 생명이 살고 있다고 생각해 봅시다. 지구가 어떤 곳인지 알지 못하는 그 생명이 그저 이 푸른 별을 봤다면 무슨 생각을 했을까요? 지구란 곳은 얼마나 아름다운 세상일까 하고 그저 좋은 이미지를 가질 거라 생각합니다. 평화롭고, 아리따운 여신이 살고 있고, 모든 것이 충족된 낙원 같은 곳이라고."

다케토리 오키나는 말을 멈추고 깊은 한숨을 내쉬었다.

"멀리 떨어져 있어서 알 수 없기 때문에 좋은 상상을 하며

252

꿈꿀 수 있는지도 모릅니다. 물론 알고 있어도 그럼에도 '지구돈이'를 보고 싶다는 생각을 하지만요. 자기가 살고 있는 별을 밖에서 내려다보면 또 다른 느낌을 느낄 수 있을지도 몰라요."

이야기에서 꽤나 깊이가 느껴졌다. 달에 관한 깨알 정보도 재미있었고, 그의 착안점도 흥미로웠다. 방송 리스트를 보니 다케토리 오키나는 매일 아침 7시에 10분간 방송을 하는 듯했다. 이미 올라와 있는 200개 가량의 방송을 하나씩 하나씩 들어가며 나는 컴퓨터로 평소에 좋아하지 않는 서류 작업을 처리했다.

작은 글씨를 읽다 보니 눈이 건조해졌다. 요즘 고민거리는 드라이아이였다. 그리 좋아하지 않지만 안약을 사서 눈에 넣어보기도 했으나 아무래도 눈이 시리고 불편했다. 자극이 가장 약하다는 것을 골랐다고 생각했는데도 내 눈에는 자극이 되는 듯했다.

그래도 눈에 수분 보충을 해야 한다는 생각에 안약을 눈에 떨군 후 나는 눈을 꼭 감았다.

일주일 후 출판사를 방문했다.

편집자인 시노미야 씨는 파마머리를 한 귀여운 여성이었고 스물네 살이라고 했다.

메일을 읽으며 생각했던 것보다 훨씬 더 밝고 쾌활한 성격이었다.

"mina 씨는 본명이신가요?"

명함을 교환한 후에 시노미야 씨는 담백하게 물어왔다.

"아니요. 결혼 전 성인 미나미자와南沢에서 따온 거에요. 결혼 후에 기타지마北島가 됐지만요."

"그렇구나. 미나미에서 기타로, 그러니까 남쪽에서 북쪽으로 바뀌셨네요."

시노미야 씨는 웃음보가 터진 듯했다. 그러고 보니 그렇네요라며 나도 함께 웃었다. 시노미야 씨는 이야기를 이어갔다.

"결혼하신 지는 얼마나 되셨어요?"

"3년이요."

그렇게 대답하자 시노미야 씨는 과장스럽게 몸을 베베 꼬며 "좋으시겠다" 하고 말했다.

"그때가 가장 좋다고 하잖아요. 부부관계가 안정기에 들어선다고. 너무 부러워요. 저도 빨리 결혼하고 싶은데 남자가 없어요. mina 씨는 재능도 있고 인기도 많고 남편도 있고, 진짜 좋으시겠어요."

이 말이 진심인지 어떤지는 알 수 없다. 립서비스일지도.

나는 억지웃음을 지으며 화제를 바꿨다.

"이번에 이렇게 연락주셔서 감사합니다."

시노미야 씨는 "저희야말로 감사하죠"라며 손을 내저었다.

"mina 씨의 와이어 액세서리에는 사랑이 담겨있어요. 저도 진짜 좋아해요."

시노미야 씨가 제안해 준 기획은 무크라는 일종의 잡지 같은 책으로, 이 출판사에서는 핸드메이드 시리즈를 제작하고 있다고 했다.

지금까지 발행한 무크지가 테이블 위에 놓여있었다. 자수, 비즈, 톤보다마(일본 전통 유리구슬 ‑ 옮긴이), 양모펠트. 핸드메이드를 사랑하는 사람들을 위해 인기 작가들이 초보부터 도전할 수 있는 노하우를 알려주는 책들이었다.

하지만 작품집처럼 구성된 책 후반부에는 작가 본인이 아니면 만들 수 없을 듯한 고도의 기술이 필요한 작품들이 실려있었다. 내가 깜짝 놀라자 시노미야 씨는 말했다.

"독자들에게는 나도 할 수 있을 것 같다는 생각이 드는 페이지와 마찬가지로, 나로서는 도저히 만들 수 없을 것 같은 경이로움을 느낄 만한 비현실적인 페이지도 필요해요. 그저 동경하는 것만으로도 느낄 수 있는 기쁨이 어떤 행복을 가져다주기도 하거든요."

그렇게 말하고 그는 한 권의 책을 내 앞으로 내밀었다.

"예를 들어 이 책을 쓴 리리카 씨도 제 담당인데요."

페이퍼 커팅 아트 책이었다.

책을 펼쳐보니 아름다운 종이 공예가 눈앞에 펼쳐졌다. 나는 단숨에 시선을 사로잡혔다. 꽃, 동물, 건물, 거리. 책을 넘기면 작품이 입체적으로 올라오는 페이지도 있었다.

종이 한 장으로 이렇게나 다양한 표정을 만들어낼 수 있었던가. 섬세한 얼굴을 하다가도 갑자기 역동적인 모습을 보이는 페이퍼 커팅 아트는 와이어 액세서리와 비교해도 뒤지지 않을 만한 무한한 가능성을 선보이고 있었다.

"……멋지네요."

내가 혼잣말처럼 내뱉자 시노미야 씨는 말했다.

"리리카 씨는 진짜 대단한 분이에요. 영국에서 아트 콩쿨상도 받으셨어요. 맞다, 다음 주에 도내에서 전시회를 하는데 같이 가지 않으실래요?"

"좋아요."

나는 평소와 달리 덥석 약속을 잡고 말았다. 작품을 직접 보고 싶었다. 그리고 가능하면 리리카 씨를 직접 만나보고 싶었다.

"그럼 리리카 씨가 전시장에 계시는 시간을 확인해 둘게요. 리리카 씨와 이야기를 나누면 mina 씨도 책을 쓰시는 데 도움이 될지도 모르겠네요.”

시노미야 씨는 그렇게 말하고 수첩에 메모를 했다.

mina 씨의 책…….

그 말을 듣고 나니 이번 출판 계획이 실감이 났다. 나는 갑자기 펼쳐진 새로운 세계에 가슴이 두근거리며 리리카 씨의 페이퍼 커팅 아트를 한참이나 바라봤다.

mina라는 이름으로 책이 나온다.

출판사를 나선 후에도 나는 한껏 들뜬 기분을 가라앉힐 수 없었다. 작품이 팔리는 것과는 또 다른 기쁨이었다.

집에 돌아온 후 나는 식탁에 조그마한 꽃을 장식하고 오랜만에 공들여 음식을 만들기 시작했다. 스스로를 축하하려는 마음으로.

그리고 한 가지 더, 어렴풋한 기대가 있었다. 평소 나의 작업에 관심이 없는 쓰요시도 책 출판 이야기를 들으면 기뻐해줄 거라는.

쓰요시는 평소와 같은 시간에 귀가했다. 내가 “왔어?” 하고 인사하자 코트를 벗으며 웃음을 지어 보였다.

“기분이 좋아 보이네.”

나는 냄비를 저으며 천천히 이야기를 시작했다.

“출판사에서 연락이 왔어.”

"출판사?"

응, 하고 내가 끄덕이며 냄비 뚜껑을 닫고 쓰요시 쪽으로
몸을 돌렸다.

"내 책을 내고 싶다고 제안하더라고."

"그래?"

쓰요시의 눈이 조금 커졌다.

이번에는 살짝 놀란 듯했지만, 그 이상의 반응은 없었다. 나
는 그의 말을 기다리지 않고 이야기를 이어갔다.

"초보도 따라할 수 있는 방법 같은 것을 알려주는 페이지도
있고, 새로운 작품을 실을 수도 있나 봐. 가능하면 봄에 내고
싶다고 하니까 서둘러야 할 것 같아."

쓰요시는 넥타이를 풀면서 미간을 찌푸렸다.

"괜찮아? 일을 너무 무리하게 하는 거 아닐까?"

쓰요시의 반응에 오후 내내 부풀어 있던 마음이 순식간에
사그라들었다.

깃털처럼 한껏 들떠 있던 기분이 무겁게 내려앉았다.

"……무슨 말이 그래?"

나는 싱크대 끝을 꽉 움켜쥐었다.

"왜 축하한다는 말 한마디를 못 해주는 거야?"

스스로도 놀랄 만큼 목소리가 가라앉았다.

쓰요시는 나를 진정시키려는 듯 한손을 치켜들었다.

"그게 아니고 축하는 하지만, 너무 무리하는 거 아닌가 해서."

"전에 없던 좋은 제안을 받았어. 지금 열심히 안 하면 잊혀질 거란 말이야."

"그렇다고 무리해서 건강을 해치면 안 되잖아."

"딱히 취미랄 것이 없는 당신은 알 리가 없겠지만, 이 세상에는 별의 수만큼 많은 액세서리 작가가 있어. 그중에서 이렇게까지 인정받는 건 정말 대단한 일인 거야!"

대단한 일인 거야, 라고 내 입으로 뱉은 말에 수치심을 느꼈다. 내 입으로 그런 말을 하고 싶지는 않았다. 쓰요시가 칭찬을 해줬다면 모두의 덕분이라고 겸손하게 말할 수 있었을 텐데.

쓰요시는 아무 말도 하지 않았다. 나도 침묵했다.

"……스튜를 만들어뒀으니까 밥은 알아서 먹어. 나는 오늘도 아틀리에에서 자고 올게."

나는 주방에서 나왔다.

이제 끝일지도 모른다. 우리 부부는.

소통이란 것이 우리에게는 불가능한 일일지도 모른다.

쓰요시와 함께 있으면 꼴보기 싫은 이런 내 모습이 불쑥하고 모습을 드러냈다. 슬펐다.

재능도 있고 인기도 많고 남편도 있고 좋겠다, 라며 나를 부러워했던 시노미야 씨의 모습이 떠올랐다.

달에서 본 지구는 얼마나 아름다운 모습일까. 다케토리 오키나의 말처럼 달에 생명이 살고 있다면 저 푸르른 별은 얼마나 아름다운 세계일까 하고 동경할 것이다.

하지만 실제로 이 지구는 온통 오염되고 망가져 있다. 의미 없는 전쟁이 끊임없이 일어나고, 이유를 알 수 없는 병이 만연하고 언제나 누군가가 아파하며 울고 있다.

멀어서, 알지 못해서, 아름다운 상상만 할 수 있는 것이다.

그러면 어때. 문득 그런 생각이 들었다. 그렇다면 나는 그 꿈을 사람들에게 전해주자. 그저 아름답기만 한 세계를. 시노미야 씨가 말하는 비현실적인 페이지를.

그것을 위해서라도 나에게는 고독이 필요했다.

그런 생각을 하며 나는 집을 나서 아틀리에로 향했다.

❭ ❭ ●

그후로도 나는 최대한 쓰요시와 얼굴을 마주치지 않았고, 아틀리에에서 지내는 날이 더 많아졌다.

혼자 아틀리에에 머물면서 팟캐스트 〈달도 끝도 없는 이야기〉를 자주 들었다. 이 채널에 빠져서 스마트폰에 일부러 팟캐스트 앱을 설치하고 컴퓨터를 켜지 않을 때도 편하게 들을 수 있도록 했다.

방송 분량이 10분이어서 쉬는 시간이나 작업 중 틈틈이 듣기에 딱 좋았다. 잠이 안 오는 날에는 소파침대에 누워 아카이브를 연이어 듣기도 했다.

목소리는 부드러웠고, 이야기는 재미있었다. 그날의 최신 방송을 듣다가 지난 방송을 다시 듣기도 하며 나는 그의 이야기에 조금씩 스며들었다.

오늘은 오후에 리리카 씨의 전시회에 가기로 한 날이다.

어젯밤도 아틀리에에서 보낸 탓에 갈아입을 옷과 화장품이 필요했다. 오전 중에 집에 가야지. 오늘 오전에 올라온 〈달도 끝도 없는 이야기〉를 들으며 카페오레를 내리고 크로와상을 하나 그릇에 올려 담았다.

"오늘은 신월입니다"라고 다케토리 오키나가 말했다.

"이렇게 매일 달 이야기를 하다 보니 달이 보이지 않는 이 날은 보름달이 뜨는 날보다 특별한 것 같아요."

테이블 앞에 앉아 크로와상을 입으로 가져갔다. 그러고 보니 크로와상은 초승달이란 뜻이던가? 그런 생각을 하며 나는 달을 한 입 베어 물었다.

"삭이 왜 안 보이냐 하면 달과 태양이 같은 방향에 있기 때문입니다. 다시 말해 태양이 너무 밝아서에요"

그의 말을 곱씹듯 중얼거려보았다.

태양이 너무 밝아서. 그저 평범한 설명인데도 왠지 나에게는 그 말이 의미심장하게 다가왔다.

하지만 다케토리 오키나는 그에 관한 이야기를 더 이상 이어가지 않고 돌연 화제를 전환했다.

"그런데 말입니다. 우리는 매달의 시작을, 그러니까 1일을 '쓰이타치ついたち'라고 말하지요."

그의 목소리가 한층 밝아졌다. 나는 조금 전의 찜찜함을 카페오레와 함께 삼켰다.

"음력에서는 신월을 한 달의 시작으로 봅니다. 달이 시작한다, 달이 뜬다는 뜻의 '달이 서다(쓰키가 타츠)'라는 표현에서 '쓰이타치'라는 말이 나온 겁니다. 신월을 '달이 선다'라고 하는 게 뭔가 멋있지 않나요? 저는 그게 멋있더라고요."

달이 선다. 듣고 보니 끌리는 표현이었다.

천체는 액세서리의 모티브로 삼기에 좋은 소재여서 나도 달과 별에서 이미지를 따온 작품을 만든 적이 있다. 그런 작품들은 스스로의 만족도도 높고 손님들로부터 인기도 많았다.

하지만 나에게는 알기 쉬운 보름달이나 초승달보다 눈에

보이지 않는 삭이 가장 드라마틱하게 다가왔다. 그래서 일부러 도전해 본 적도 있었다. 눈에 보이지 않는 달을 어떻게 표현하면 좋을까에 마음을 쏟는 시간이 너무나도 즐거웠다.

크로와상의 마지막 한조각을 입으로 털어넣었다. 초승달은 이제 내 배 속에 있다. 다케토리 오키나의 10분간의 방송이 끝났고 나도 자리에서 일어섰다.

리리카 씨의 전시회는 니혼바시에 있는 작은 갤러리에서 열렸다. 좁다란 상가건물의 1층과 2층이 전시공간이었고, 아티스트는 손님을 따라 위층과 아래층을 오가는 시스템인 듯했다.

시노미야 씨가 소개해 준 리리카 씨는 쉰을 목전에 둔 가냘픈 여성이었다. 날렵하게 찢어진 가는 눈매가 때때로 부드러운 반원을 그렸고 그런 반전이 매력적으로 다가왔다.

손님이 막 빠져나간 타이밍이었는지 리리카 씨는 우리와 함께 돌며 작품을 하나하나 소개해 주었다. 모든 작품이 환호가 터져 나올 만큼 훌륭했다.

2층 갤러리의 가장 구석에는 전시된 작품 중 아마 가장 큰 작품이 전시돼 있었다.

감색으로 물든 동그란 하늘에 달의 위상을 표현한 작품이었다. 마치 거대한 아날로그 시계처럼 달이 한바퀴 빙 둘러져 있었다. 실제로 그것은 '시간'을 표현한 것일 테다.

시노미야 씨는 목소리를 높였다.

"이 작품은 장관이네요! 리리카 씨, 달을 좋아하시나 봐요. 달을 테마로 한 작품이 많네요."

리리카 씨는 살며시 고개를 끄덕였다.

"응, 좋아하지. 어릴 때부터 매일 올려다보는데 전혀 질리지 않으니 참 신기해. 나는 직장에 다녀본 적이 없어서 요일을 잘 알지 못해 달의 모양으로 때를 알아차리고는 하거든. 이를 테면 신월에 제작을 시작해서 보름달인 날에 완성하면 2주가 지났구나 하고 생각하는 거지."

작품 속의 차고 기우는 달들이 모두 하늘에 떠 있는 것처럼 보였다. 가까이 다가가서 보니 달 하나하나가 투명하고 얇은 핀으로 고정돼 있었다.

"이런 게 다 재능이란 거겠죠? 정말 대단하세요."

시노미야 씨가 말하자 리리카 씨는 조금 먼 곳을 응시했다.

"……글쎄. 재능보다 중요한 건 환경일지도 몰라."

그 말이 가슴에 와닿았다.

환경. 나는 소리없이 리리카 씨를 쳐다봤다.

시노미야 씨가 "네? 환경이요?"라고 물으며 부르르 어깨를 떨었다. 재킷 주머니에 든 스마트폰을 꺼내려는 참이었다. 시노미야 씨는 스마트폰 화면을 확인하더니 초조한 목소리로 말했다.

"죄송해요. 급한 전화가 와서. 잠시 실례하겠습니다."

시노미야 씨는 미안한 듯한 얼굴로 갤러리 밖으로 뛰어나갔다.

리리카 씨와 갑자기 단둘이 된 나는 조금 당황했다. 그는 나를 배려하듯 느긋한 말투로 말을 걸어주었다.

"mina 씨가 만든 와이어 액세서리, 참 좋던데? 그 뱅글도 직접 만든 거지?"

"감사합니다. 그런데 시어머니는 매번 와이언가 뭔가라고 하세요."

자조 섞인 말투로 말하는 나에게 리리카 씨는 살며시 미소를 지었다. 부드러운 그의 미소에 마음속 응어리가 풀리는 듯했다.

"……좀 전에 리리카 씨께서 재능보다도 환경이 중요하다고 말씀하신 뜻을 너무 잘 알 것 같아요. 작품과 마주하려면 누구에게도 방해받지 않을 수 있는 공간이 필요하잖아요. 저는 남편과 같이 지내는 아파트와 별개로 아틀리에용 사무실을 빌렸어요. 욕심이 너무 과한가 싶었는데 리리카 씨께서 괜찮다고 말씀해 주시는 것 같은 생각이 들었어요."

리리카 씨는 왠지 쓸쓸한 듯한 미소를 지었다.

"맞아. 나도 결혼했을 때 나만의 공간을 구했다면 지금과는 달랐을지도 몰라. 그때는 그런 생각조차 못했지만. 어린 아들과 집에 있으면서 일과 가정을 양립해야 한다는 생각뿐이었거든. 둘 다 해내지 못할 것 같으면 어느 한쪽으로 포기할 각오를 해야 한다고만 생각했어. 융통성 없이."

결혼했을 때라면 지금은…… 아니라는 말인가?

"이상하네, mina 씨한테는 왜 이런 이야기를 하고 싶어지지? 옛날의 나를 보는 것 같아선가?"

갑자기 정신을 차리고 웃음을 지으며 리리카 씨는 온화한 목소리로 이야기를 이어갔다.

"전 남편은 동료들을 자주 집으로 데리고 왔어. 아내로서 손님들을 잘 대접하고 같이 재미있게 어울릴 수 있었다면 아무 문제가 없었을지도 몰라. 근데 나는 할 수 없는 일인 걸 어떻게 해. 원래 많은 사람들과 어울리는 걸 잘하는 타입도 아니었고. 우연히 작품을 인정받으면서 일이 궤도에 올랐고 광고회사에서도 의뢰가 들어오기도 하고 해서…… 외국에 있는 행사 주최측으로부터 콩쿨에 참가하라는 재촉을 받아서 작업에 더 집중해야지 하고 생각하니까 갑자기 집안에서 들려오는 온갖 소리가 너무 시끄럽게 느껴지는 거야."

나와 같은 이야기. 너무 상황이 똑같았다. 나는 리리카 씨에게 물었다.

"전 남편분은 리리카 씨의 작업이나 성취를 존중해주지 않으셨어요? 이렇게 대단한 작품인데."

"글쎄. 처음에는 멋진 작품이라고 했었는데 점점 작업하는 나를 좋아하지 않게 된 거라 생각해."

리리카 씨는 소녀처럼 어깨를 으쓱하며 말했다.

"나 말이야, 생일선물로 뭘 갖고 싶냐는 전 남편의 질문에 혼자만의 시간을 갖고 싶다고 했어. 최악이지?"

나는 고개를 저었다. 그 마음을 너무 잘 알고 있으므로.

"우리한테는 고독이 필요한 거라 생각해요."

눈물을 머금으며 그렇게 말하자 리리카 씨는 잠시 침묵하다 나를 똑바로 쳐다봤다.

"나도 그렇게 생각했던 때가 있었지. 근데 지금의 나는 뭔가를 만들어내기 위해 고독이 필요하다고는 생각하지 않아. 혼자만의 시간을 갖는 것과 고독은 별개의 문제거든."

"……아."

"당연하게 주어진 다정함과 애정은 웬만큼 조심하지 않으면 무미건조하게 느껴지고 말지. 투명해져 버리는 거야. 그건 고독보다도 훨씬 쓸쓸한 일일지도 몰라."

리리카 씨는 달의 위상으로 시선을 돌렸다.

"환경이 중요하다고 생각한 건 말야, 일할 공간을 마련하는 것도 물론 필요하겠지만 주변 사람들과 풍성한 관계를 맺어야 한다는 말이야. 때마다 서로에게 가장 좋은 거리에서 좋은 각도로."

원을 빙 두르고 있는 달의 중앙에는 초록빛을 띤 동그란 종이가 놓여있다. 분명 지구일 것이다.

"이혼한 걸 후회하지는 않아. 그땐 이미 어쩔 도리가 없었을 거라 생각하거든. 덕분에 페이퍼 커팅 아트 아티스트의 길이 열렸고. 지금의 생활에도 만족해……. 전 남편과 아들이 어떻게 지내는지 생각이 나긴 하지만."

"……지금은 못 만나시나요?"

"이제 와서 내 입으로 아이를 보고 싶다고 말할 수 있는 입장은 아니니까. 전 남편과 심하게 다퉜을 때 감정이 격해져서 헤어지자고 소리를 지르고 말았어. 그러면서 아들한테 어느 쪽을 따라가겠냐고 물어본 거지……. 아직 일곱 살짜리 애였는데. 그런 애한테 부모 중에 한 쪽을 고르라는 게 얼마나 잔인한 일이었을지."

리리카 씨는 목이 메이는 듯했다. 여태까지 오랫동안 죄책감 속에 지내면서 자신을 채찍질해 왔을지도 모른다. 그는 자조 섞인 미소를 지었다.

"아이는 아빠를 선택했어. 당연한 일이야. 전 남편 동료들이
아이를 많이 귀여워하기도 했고, 그 속에서 아이는 매우 행복
해 보였거든. 나를 용서해 줄 리가 없어. 내가 아이를 만나고
싶어 하는 마음은 그 애한테 오히려 짐이 될 거야. 행복하게 지
내준다면 나는 그걸로 만족해."

나는 왠지 모를 슬픔에 가슴이 미어지는 듯했다.

리리카 씨가 페이퍼 커팅 아트와 맞바꾼 사람들과 "관계를
맺는" 것은 이제 불가능한 일일까. 리리카 씨가 그들을 얼마
나 생각하고 얼마나 마음에 품어왔을지 오늘 리리카 씨를 처
음 본 나도 이렇게 알 것만 같은데.

나는 참지 못하고 말문을 열었다.

"그치만 리리카 씨가 이렇게 생각하고 계신다는 사실을 그
쪽 분들은 모르시잖아요. 혹시 그쪽 분들도 리리카 씨를 만나
고 싶은데 리리카 씨가 이제 자기들한테 관심이 없을 거라고,
서로 그렇게 생각하고 있다면, 그건 너무 슬픈 일인 것 같아요."

리리카 씨는 입술을 깨물었다.

나는 곧바로 후회했다. 사정을 잘 알지도 못하면서 눈치 없
는 말을 한 것 같다는 생각이 들었다.

죄송해요, 라고 사과를 하려 했을 때 그는 깊은 숨을 내쉬

며 미소를 보였다.

"그럴지도. 상대방의 모습을 볼 수 없다고 해서 상상만으로 혼자 결정을 내리면 안 되는 것 같아."

나는 겨우 마음이 놓여 다시 차고 기우는 달의 아트 작품에 시선을 돌렸다.

'모습을 볼 수 없는' 신월의 디자인이 너무 인상적이었다. 배경인 하늘과 같은 색상이어서 멀리서 보면 배경에 녹아든 달이 보이지 않는다. 하지만 가까이서 잘 보면 작은 크레이터 모양이 꼼꼼이 새겨져 있다. 그건 틀림없는 신월이었다. 보이지 않아도 분명히 존재하고 있는 것. 핀으로 하늘과 이어져 있으면서도 또 독립적으로 존재하는 첫 번째 달.

"그러고 보니까."

화제를 바꿔 나는 일부러 밝은 목소리로 말했다.

"달이 시작하는 날을 일본에서는 '쓰이타치'라고 하잖아요. 그게 달이 선다라는 뜻의 '쓰키가 타츠'에서 나온 말이래요."

리리카 씨는 이야기의 갈피를 잡지 못한 얼굴로 허공을 바라봤다. 갑자기 무슨 이야기인지 알 수가 없어 당황한 듯했다. 아무말 없는 리리카 씨에게 나는 설명을 이어갔다.

"어디서 들은 이야기예요. 최근 팟캐스트에서 듣는 방송이 있는데 엄청 재미있어요. 어떤 남자가 달에 대한 요모조모를 들려주는데 거기서 알게 되는 깨알 지식도 쏠쏠하고 뭐니뭐니 해도 그 사람이 달을 얼마나 사랑하는지를 알 것 같더라고요."

나는 스마트폰을 꺼내 팟캐스트 앱을 열었다.

〈달도 끝도 없는 이야기〉를 터치해 리리카 씨에게 화면을 보여줬다. 리리카 씨는 말없이 입술을 살짝 들썩였다.

그때 시노미야 씨가 서둘러 돌아왔다.

"죄송해요, 기다리셨죠."

순식간에 분위기가 바뀌었다. 몇 분 전까지와는 달라진 나와 리리카 씨.

세 사람의 관계의 거리와 각도를 자연스럽게 조율하며 우리는 이야기를 다시 시작했다. 그렇구나, 그런 것이구나. 사람과 사람은 이렇게 시시때때로 관계를 변화시키며 살아가는 걸지도 모르겠다.

지금까지 무의식적으로 해온 일들의 확실한 윤곽을 느끼며 새로운 발견을 한 기분이 들었다.

〉 〉 ●

다음 날 토요일, 나는 아침부터 아틀리에 있었다.

쓰요시는 회사 동료들이 동네 야구를 한다며 응원을 갔다. 출판 이야기로 사이가 어색해진 이후로 서로 책에 관한 이야기는 꺼내지 않았다. 살다 보면 그렇게 흐지부지 지나가는 일도 있겠거니 싶으면서도 석연치 않은 마음이었지만, 대화를 한다 해서 어찌할 수 있는 일이 아닐지도 모른다.

해야 할 일이 산더미였다.

액세서리를 제작하고, 사이트에 올리고, 오더를 수주하고, 연락에 포장에 발송업무까지. 게다가 시노미야 씨에게 제출할 제작 노하우도 정리하고 새로운 작품도 고안해야 한다.

포장과 발송만이라도 누군가의 도움을 받을 수 있도록 해야지 싶다. 경리 업무도 잔뜩 쌓여있어서 내가 어찌할 수 있는 선을 넘은 듯했다.

초조함 속에서 손을 바삐 움직이고 있던 그때 스마트폰에서 소리가 울렸다.

인스타그램에 DM이 도착했다는 알림이었다.

그러고 보니 이미 오후 4시가 가까워져 있었다. 점심식사를 깜빡하고 말았다.

나는 작은 숨을 내쉬고 스마트폰을 손에 들었다.

인스타그램을 보고 관심을 가진 사람들이 문의를 해오거나 감상을 보내주는 일이 종종 있었다. 그리고 시노미야 씨처럼 구체적인 일로 이어지는 일도 있었다.

오늘 아침에도 또 라스타에서 내 작품이 추천을 받은 참이었다. 그 작품에 관한 코멘트일지도 모른다. 인터넷과 SNS의 덕을 많이 보고 있어서 정말 감사했다.

하지만 처음 본 꽃 아이콘과 함께 도착한 DM 메시지를 보고 나는 가슴에 가시가 박힌 듯한 심정이 들었다.

"매번 라스타의 추천을 받으시는데 무슨 수를 쓰신 건가요? 혹시 라스타 관계자세요? 그쪽 작품이 그 정도로 대단하다고 저는 생각하지 않거든요."

심장 고동이 거세졌다. 누구지? 당신은 누구세요?

떨리는 손가락으로 아이콘을 터치해 봤지만 프로필에는 아무것도 쓰여있지 않았고 게시물은 비공개로 설정돼 있었다. 누군지 전혀 감이 오지 않았다.

나를 동경하는 사람들만 있는 것은 아니니 당연한 일이었다.

나는 마음을 진정시키려 크게 심호흡을 했다.

이런 일은, 이런 일쯤은, 아무것도 아니야.

비겁하게 보이지 않는 곳에 숨어 남을 헐뜯다니.

나는 스마트폰을 테이블에 놓고 눈앞에 있는 작업에 몰두했다. 컴퓨터에 전원을 켜고 엑셀로 발주표를 확인했다.

작은 글씨를 읽다 보니 또다시 눈이 건조해졌다. 눈을 깜빡거리고는 화면에 시선을 둔 채 연필꽂이 옆에 둔 안약으로 손을 뻗었다.

요즘은 귀밑에서 달랑달랑 흔들거리는 타입의 귀걸이가 인기다. 제작물량을 더 늘리는 게 좋을지도 모르겠다. 그렇게 일에 관한 생각에 집중하려 했는데 DM으로 받은 뾰족한 말들이 나를 아프게 했다.

무슨 수를 썼냐니.

나는 이렇게 열심히 또 성실하게 작업을 할 뿐인데.

그런 생각을 하며 뚜껑을 열어 얼굴을 위로 향했다. 안약을 넣기 위해서.

……이건 안약이 아니야!

안약이 아니라는 사실을 알아챈 것은 시야에 들어온 작은 병이 하늘색이 아니라 눈에 익은 감색임을 뇌가 인식했을 때였다. 스위트 오렌지 오일병이었다.

황급히 얼굴을 피했다고 생각했지만 내 손으로 직접 떨어뜨린 물방울은 채 피하지 못한 왼쪽 눈으로 들어가고 말았다.

어쩌지? 어쩌면 좋지?

나는 안약 대신 아로마 오일을 눈에 넣었다.

아로마 오일병은 언제나 책상 서랍장 위에 아로마 램프와 함께 놓아뒀었다. 그런데 생각해 보니 어제 나는 인터넷 쇼핑

몰에서 다른 향에 새롭게 도전해 보고자 제조회사 이름을 확인하기 위해 오일병을 꺼내 보고는 확인 후 연필꽂이 옆 안약 근처에 병을 던져놓은 것이다.

하필이면 감귤 계열인 스위트 오렌지다. 눈꺼풀 안쪽이 따끔거렸고 나는 비틀거리며 서둘러 세면대로 뛰어갔다.

물을 세게 틀어놓고 몇 번이고 눈을 씻어냈다. 손으로 물을 끼얹기만 해도 되는 건가? 오일을 중화하려면 세제 같은 걸 써야 하나? 올바른 대처법을 알 수 없어서 수도꼭지에서 흘러나오는 물에 손을 대고 눈을 향해 물을 끼얹었다.

어떡하지? 어떻하면 좋을까?

이렇게 어이없는 실수로 눈을 다치면 어떡하지?

구급차를 불러야 할까? 그건 너무 오버하는 걸까?

집요하리만치 물로 눈을 씻어낸 후 나는 얼굴을 들었다. 세면대에 설치된 거울에 비친 내 얼굴은 퍼렇게 질려있었고, 왼쪽 눈은 빨갛게 부어있었다.

잘, 보이네. 마음이 조금 놓였다. 눈보다 눈꺼풀이 후끈후끈거리는 듯했다.

병원에서 검사를 받는 게 좋으려나?

시간은 오후 4시를 지나 있었다. 근처 안과 홈페이지를 확인해 보니 토요일은 휴진일이었다. 내일은 일요일이니까 더 더욱 문을 열지 않겠지.

주말에 좀 더 지켜보고…… 월요일에 가면 되겠지…….

괜찮아, 하고 스스로를 안심시키려 했지만 불안이 몰려왔다. 처음 겪는 일이었고 예상 밖의 일이었다. 혹시 증상이 더 심해지면?

그때 스마트폰에서 벨소리가 울렸다.

시어머니 전화였다. 아무런 생각도 하지 못하고 전화를 받았다.

"여보세요. 무쓰코니? 새해 떡말인데 네모난 떡이 아니면 싫으려나?"

귀에 댄 스마트폰에서 평소처럼 느긋한 목소리가 들려왔다. 다리에 힘이 풀렸다.

"아니요, 그냥 아무거나……."

"그게 말이야 민요를 같이 배우는 도베 씨 친척이 쌀농사를 해서 떡을 보내준다는데 동그란 떡이래. 네모난 떡 아니어도 괜찮으면 무쓰코도……무슨 일 있어?"

시어머니가 갑자기 걱정스러운 말투로 물었다.

"아니요, 괜찮아요."

"왜, 무슨 일인데?"

내 상황이 심상치 않다는 걸 어떻게 안 거지? 얼굴이 보이는 것도 아니고, 아무 말도 안 했는데.

나는 갑자기 마음이 놓여 나도 모르게 사정을 털어놓았다.

"……아로마 오일이 눈에 들어갔어요."

눈약인 줄 알고 직접 넣었다고는 도저히 말할 수 없었다.

"큰일이네. 바로 씻었니? 아프진 않고?"

시어머니는 놀란 목소리로 조급하게 말했다. 나는 시어머니의 기세에 눌려 답했다.

"일단 물로 씻기는 했는데……."

"바로 병원에…… 아, 오늘 토요일인데."

나보다 더 동요한 듯한 시어머니는 곧바로 "맞다!" 하고 소리쳤다.

"지자체가 운영하는 긴급의료상담창구가 있으니까 거기로 전화해 봐. 전에 수화반 사야마 씨네 손자가 방충제를 먹어서 전화했더니 대처법도 알려주고 병원도 소개해 줬대. 전화 끊고 잠시만 기다려 보렴!"

긴급의료상담창구?

내 대답을 기다리지 않고 시어머니는 전화를 끊었다. 나는 컴퓨터 검색 화면에 '긴급의료상담창구'라고 입력했다. 시어머니의 말대로 집 근처에 그런 상담창구가 있다는 검색 결과가 나타났다. 의사와 간호사 같은 전문가가 증상을 듣고 긴급을 요하는지 어떤지, 진찰이 필요한지 어떤지를 상담해 준다고 한다. 대응 시간은 24시간.

"……24시간?"

나는 작은 목소리로 중얼거렸다.

곧바로 시어머니에게서 다시 전화가 걸려왔다.

"사야마 씨한테 물어봤어. 지금 메모할 수 있겠니?"

나는 시어머니가 시키는 대로 펜을 들어 메모했다.

시어머니의 다급함이 느껴지자 눈꺼풀 통증과는 관계없이 눈이 뜨거워졌다. 내가 전화번호를 다시 확인하자 내 말이 끝나기가 무섭게 시어머니는 "지금 바로 전화해 봐!"라고 말하며 전화를 끊었다.

번호는 컴퓨터 화면에 있는 것과 동일했지만, 나는 군이 시어머니의 목소리를 듣고 받아적은 메모를 보며 스마트폰으로 전화를 걸었다. 그러자 해당 부서로 연결하기 위한 기계 안내음이 흘러나왔다. 안내에 따라 몇 번인가 번호를 누르자 드디어 신호연결음이 들려왔다.

"긴급의료상담창구입니다."

기계가 아닌 여성의 목소리였다.

매달리는 심정으로 나는 더듬거리며 말했다.

"저기, 아로마 오일이 눈에 들어가서요."

여성은 친절한 말투로 다시 물었다.

"눈은 씻으셨어요?"

"네, 충분히 몇 번이나 씻었어요. 그런데 물로만 씻어도……."

"네, 괜찮습니다. 충분히 씻어내셨다고 하니 몇 가지만 확인할게요. 잘 안 보인다거나 하는 시력 변화를 느끼시나요? 검은 점이 보이거나 형체가 왜곡돼 보인다거나."

다급한 나와 대조적으로 여성은 아주 침착하게 대응했다. 시원시원한 그의 말투에서 신기하게도 따뜻함이 느껴졌다.

"네, 특별한 변화는 없는 것 같아요."

그러세요, 하고 말하며 여성은 목소리를 조금 더 누그러뜨렸다. 왠지 모르게 마음이 놓였다. 그럼 괜찮다고 말할 것이다. 그런데 여성은 다음 순간에 똑부러진 말투로 이렇게 말했다.

"그럼 지금 빨리 병원으로 방문해 주세요."

"네? 토요일 저녁인데, 어디로……."

"지금 진찰 가능한 병원을 찾아 드릴게요. 주소는 어디신가요?"

주소를 말하자 "잠시만 기다리세요"라는 여성의 목소리를 뒤따라 보류 중을 알리는 음악 소리가 흘러나왔다.

금세 음악이 끊겼고, 여성이 알려준 병원은 쇼핑센터 안에 있는 안과였다.

그렇구나, 상업시설 안에 있는 병원은 주말에도 여는 곳이 많겠구나. 당황한 나머지 미처 생각하지 못한 부분이었다.

지하철로 두 정거장 떨어진 거리에 있는 곳이지만, 택시로 이동하면 진찰시간 내에 도착할 수 있을 것 같았다.

"조심해서 다녀오세요."

여성은 그렇게 말했다. 진심이 담긴 목소리였다.

이렇게까지 안심을 시켜주다니. 아직 병원에 가지도 않았는데 다행이라는 안도감이 밀려왔다. 옳은 방향으로 도움을 주는 사람과 이어져 있다는 사실이 이제 살았다는 충분한 안도감을 가져다주었다.

진심으로 고마웠다. 얼굴도 모르고, 앞으로도 만날 일이 없을 그 상담원이.

"감사합니다."

내가 인사하자 여성은 "네" 하고 작게 대답하고는 부드러운 말투로 말했다.

"담당 사쿠가사키였습니다. 이만 실례하겠습니다."

……사쿠가사키.

어디선가 본 적 있는 이름인 듯했지만, 어디서 봤는지 좀처럼 떠오르지 않았다.

곧바로 나는 안과에 전화해 사정을 설명했다. 바로 진료가 가능하다는 말에 아틀리에를 나와서 택시를 불렀다.

택시 좌석 시트에 몸을 기대어 좀 전의 전화상담원을 떠올렸다.

내가 이러고 있는 사이에도 그는 지금 다른 사람과 이야기를 나누고 있을 테지. 아니, 지금뿐이 아니다. 그뿐만도 아니다. 그 상담창구에서는 24시간, 도움이 필요한 사람들을 위해 누군가가 상시 대기하고 있을 터이다.

그 사이에 쓰요시에게 "엄청난 일이야"라고 말했던 기억이 떠올랐고, 나는 손으로 이마를 짚었다.

나는 내 작품이 화제가 되자 스스로가 엄청난 일을 하고 있는 것 같은 착각에 빠졌지만, 전화기 너머에서 사람들을 기다리고, 또 돕는 그들의 위업을 생각하면 부끄러운 마음에 어디론가 사라지고 싶은 심정이었다.

내가 모르는 일은 도대체 얼마나 더 있을까. 정말 칭찬받아야 할 사람들은 이 세상 곳곳에서 있지만, 그들은 스스로를 대단하다고 말해달라며 주장하지 않는다.

스마트폰에서 라인 전화 벨소리가 울렸다. 쓰요시였다.

시어머니가 연락을 했는지 괜찮냐고 연락해 온 것이다.

내가 안과로 가고 있다고 말하자 그도 지금 집으로 향하는 길이니 병원으로 가겠다고 말했다.

처음 찾은 쇼핑센터 4층에 상담원이 알려준 안과가 있었다. 진찰 검사 결과를 젊은 남자 선생님이 알려주었다.

"상처도 없고 괜찮아 보이네요. 곧바로 물로 씻어내서 다행이에요."

나는 가슴을 쓸어내렸다.

그대로 아틀리에에서 통증이 가라앉기를 기다렸다 해도 문제가 없었을지도 모른다. 하지만 그랬다면 나는 월요일까지 얼마나 불안한 마음으로 지내야 했을까.

의사 선생님은 느긋하게 말했다.

"다른 불편한 점은 없으세요?"

나는 문득 고개를 들었다. 이런 일이라도 없었다면 진료를 받으러 올 생각을 안 했을 테지.

"최근에 컴퓨터 작업을 하면 눈이 건조해져요. 드러그스토어에서 산 안약을 넣어봤는데 저한테는 좀 세더라고요."

의사 선생님은 끄덕거리며 드라이아이용 저자극 안약을 처방해 주었다.

진료를 마치고 대기실로 돌아가자 의자에 앉아 있는 쓰요시가 보였다.

쓰요시는 불안한 표정으로 나를 쳐다보았다.

"괜찮대."

내가 그렇게 말하자 쓰요시는 긴장이 풀린 듯 의자 등받이에 몸을 기댔다.

"다행이다. 오일이 왜 눈에 들어간 거야? 튀었어? 조심 좀 하지."

쓰요시는 안도한 표정이었지만 어딘가 화가 나 있는 듯했다. 그의 그런 모습이 나는 기뻤다.

"뭐, 실수로."

내가 어깨를 으쓱해 보이자 쓰요시는 목소리를 조금 높였다.

"무쓰코, 피곤해서 그런 거야. 바쁠 때일수록 잘 쉬어야지. 건강해야 액세서리도 만들고 할 거 아냐."

쓰요시가 무서울 만큼 진지한 눈빛으로 나를 바라보았다.

"나는 눈앞에 있는 무쓰코가 걱정되지만, mina의 액세서리를 좋아하는 사람들이 많을 거잖아. 그건 정말 대단한 일이야. 근데 그 사람들은 초조해하고 괴로워하는 마음으로 만든 게 아니라 행복한 마음으로 만든 작품을 기다리고 있는 거라 생각해."

나는 쓰요시를 뚫어지게 바라봤다. 쓰요시가 나에게 관심이 없을 거라 생각하다니, 뭐가 씌었었나.

언제나 누구보다 더 많이 나를 생각해 주는 건 분명 쓰요시였다. mina가 아닌, 기타지마 무쓰코가 있을 자리를 만들어준 사람.

알고 있었지만, 바로 옆에 있어 준 존재를 나는 보지 못했다. 주위의 칭찬이…… 태양이, 너무 밝아서.

나야말로 지금까지 쓰요시의 이야기를 관심 있게 듣지 않은 게 아닐까.

일에 관한 이야기, 일상 속에서 일어난 이야기, 그가 평소에 하고 있는 생각. 그런 것들에 대해 신경 써본 적이 있었던가.

아니다. 나는 전혀 그러지 않았다.

관심을 가져달라고 요구하지 않는 쓰요시에게 애처럼 굴며 내 입장만 고집했다.

오늘은 아틀리에에 가지 않고 이대로 집으로 돌아가야지.

동네 야구는 어땠는지, 그런 이야기를 하며 둘이서 여유롭게 밥을 먹어야지.

아로마 오일을 안약인 줄 알고 넣었다고 전대미문의 실패담을 들려줘야지.

나의 꼴사나운 모습도 있는 그대로 보여줄 수 있는 유일한

파트너에게.

> ⟩) ●

　집으로 돌아가는 길에 감사한 마음을 전하고 진찰 결과를 보고하기 위해 시어머니 댁에 들리자 기다렸다는 듯이 시어머니는 비닐봉지를 건네주었다. 봉지 안을 들여다보자 블루베리 사탕 세 봉지가 들어있었다.

　"후카가와 씨가 눈에는 블루베리가 좋다고 그래서 사뒀어. 이제 됐다."

　뭐가 됐는지는 알 수 없었지만 시어머니만의 다정함이 묻어났다. 나는 웃는 얼굴로 봉지를 건네받았다.

　"후카가와 씨는 누구세요?"

　훌라댄스에 민요에 수화에, 시어머니의 활동 범위 안에서 자주 거론되는 이름들을 대충 기억하고 있지만, 후카가와는 처음 듣는 이름이었다.

　내 질문에 시어머니는 아무렇지 않게 대답했다.

　"산책하다 알게 된 지인이야. 옆 동네 반장이라더라고."

　길을 걷기만 해도 지인이 생기다니. 나는 내심 감탄했다.

　이렇게 뛰어난 소통 능력과 사랑이 넘치는 통찰력 덕분에 시어머니는 정보를 이어줄 수 있는 것이다. 이 사람에게서 저 사람에게로. 나는 오늘 시어머니의 교우관계 덕분에 큰 도움을 받았다.

집에 도착하자마자 나는 쓰요시가 욕실에서 씻는 동안 저녁밥을 준비했다. 〈달도 끝도 없는 이야기〉에서 아직 듣지 않은 방송을 틀어놓으려고 식탁에 올려둔 스마트폰을 손에 들었다.

평소처럼 팟캐스트를 열었다가 "응?" 하고 깜짝 놀라고 말았다.

오늘 아침 방송은 벌써 들었는데. 보통 하루에 한 번 방송이 업로드되는데 오늘은 벌써 새로운 방송이 올라와 있었다. 시간을 확인해 보니 업로드 시간은 5분 전이었다.

그리고 방송 제목에는 이렇게 쓰여있었다.

가구야 공주에게.

가슴이 쿵쾅거렸다.

아무래도 평소 방송과는 달랐다. 나는 긴장되는 마음으로 재생 버튼을 눌렀다.

"대나무숲에서 보내드립니다. 다케토리 오키나입니다."

평소와 같은 목소리다. 하지만 오늘은 "가구야 공주는 잘 지내고 있으려나"라고 말하지 않았다.

"팟캐스트를 시작한 이후로 꽤 많이 시간이 흘렀습니다. 그동안 달 이야기만 주구장창 했지 저에 관한 이야기는 한 번도 한 적이 없었네요. 저는 오랫동안 한 극단에 몸담고 있어요. 오늘은 공연이 있었는데…… 세상에, 가구야 공주가 그곳에 나타난 겁니다."

그렇구나. 연극에 관련된 일을 하는 사람이었구나.

나는 고개를 끄덕이며 스마트폰을 주방으로 가져갔다.

다케토리 오키나는 조금 쑥스러운 듯 "무대를 보러 와줘서 고마워"라고 말했다. 그건 분명 가구야 공주에게 하는 말일 것이다.

그리고 3초 가량 침묵하다 금방이라도 울 것 같은 목소리로 말을 이어갔다.

"…… 어머니."

뭐라고? 깜짝 놀라 나는 스마트폰을 쳐다봤다.

한동안 침묵이 흘렀다. 이대로 계속 침묵이 이어질까 생각했던 그때 다케토리 오키나는 겨우 말문을 열었다.

"앙케이트를 작성했더라.

가구야 공주라고 쓰인 이름을 보고 바로 알았어. 기억하고 있거든. 너무 그리운 어머니의 필체더라.

〈다케토리 오키나 님, 당신과 매일 밤 올려다봤던 달을 좋아해 줘서 고마워.〉

그 메시지를 읽고 눈물이 멈추질 않았어. 이 팟캐스트를 들어준 것도 진짜 정말 기뻐.

어머니는 달을 아주 좋아해서 내가 어렸을 때부터 매일 밤하늘을 함께 올려다보며 이런저런 이야기를 들려줬었지. 아버지와 극단 사람들로 집안이 떠들썩할 때도 나는 어머니와 둘이서 지내는 그 조용한 시간이 너무 좋았어.

가구야 공주의 그림책을 읽어주고 또 읽어주던 어머니가 사라졌을 때 아직 어렸던 나는 생각했어. 어머니는 달로 돌아가 버린 건지도 모른다고. 그래서 내가 달을 바라볼 때면 거기에는 항상 어머니의 모습이 있었어.

이번 연극에 이런 대목이 있어. 달이 뜬다, 라는 뜻의 '쓰키가 타츠'에서 첫날이라는 뜻의 '쓰이타치'라는 말이 나왔다는 이야기. 어머니가 오래전 나에게 들려준 이야기였지. 언젠가 내가 아버지에게 그 이야기를 들려줬어. 아버지가 그 이야기를 연극 제목에도, 극본에도 쓴 건 어쩌면 어머니가 발견해 주지 않을까, 연극을 보러와 주지 않을까, 하는 작은 기대를 했기 때문일지도 모른다고 생각해. 아버지는 여태껏 그런 힌트를 몇 번이나 극중에 심어뒀거든. 그걸 알고도 나는 계속 모르는 척했고.

그리고 내가 계속 팟캐스트를 해온 것도 같은 이유였어. 극단 사람이 누구나 방송할 수 있고 누구나 들을 수 있는 그런 툴이 있다고 알려주면서 어머니라면 다케토리 오키나가 나라는 걸 알아채 줄지도 모른다고 하더라. 나는 잘 지내고 있다는 걸 알리고 싶었고, 그리고 어머니가 잘 지내고 있기를 바라는 마음을 담아서 빌었어. 신기하지? 평소의 나는 사람들 앞에서 한마디도 못하는데 기계일 뿐인 스마트폰 앞에서는 자연스럽게 거침없이 말할 수 있거든. 목소리가 작아도 마이크가 음성을 포착해 주기 때문일지도 모르고, 스마트폰 너머에 분명 어머니가 있을 거라 믿고 있기 때문일지도 몰라.

어머니의 활약은 오래전부터 인터넷을 통해 알고 있었어. 나도 아버지도 어떻게든 연락을 하려면 할 수도 있었겠지만, 거절당할지도 모른다는 생각에 두려웠어.

나는 훨씬 전부터 어머니한테 사과하고 싶었는데, 어머니한테 너무한 일을 했으니까 용서받지 못할 거라 생각했어. 그래서 이렇게 어머니가 와주기를 기다릴 수밖에 없었어.

하지만 무대에 있던 배우들도 무대 옆에서 지켜보던 나도, 스태프들도, 어머니가 왔다는 사실을 전혀 눈치채지 못한 게 너무 억울해. 그래도 우린 분명 같은 공간에 있었네.

……어머니. 나, 좋아하는 사람이 생겼어.

그래서 이젠 아버지의 마음을 조금은 알 것 같아. 소중한 사람이 항상 자유롭게 지냈으면 하는 마음이나 내가 상대에게 바라는 것과 상대가 나에게 바라는 것이 같은지를 확신할 수 없는 불안함 같은 거 말이야.

근데 그건 어머니도 같은 마음이지 않았을까, 그런 생각을 해.

어머니가 지금 누구와 함께 있더라도 그냥 행복했으면 해. 그래서 나와 아버지를 보는 건 아직은 여기까지일지도 모르겠지만……. 아주 조금씩이어도 괜찮아. 조급해하지 않고 천천히 기다릴 테니까."

방송은 이렇게 끝이 났다.

나는 멍하니 스마트폰 화면을 쳐다봤다. 다케토리 오키나의 어머니는 어떤 사람일까. 이 가족의 새로운 관계가 시작되기를 나는 마음으로 기도했다.

이 가족과 나는 완벽한 남이라는 사실을 잘 알고 있다. 그래도 지금까지 〈달도 끝도 없는 이야기〉와 이 방송을 들으며 무언가를 느꼈다면, 나도 '관계하고 있는' 사람 중 하나라고 볼 수 있지 않을까 하고 생각했다.

쓰요시는 아직 씻는 중이다.

나는 거실 창문을 열었다.

사건 사고가 많았던 오늘 하루를 떠올렸다.

내 의도와 달리 예상 밖의 일이 연이어 일어났다.

결국 어이없는 사태가 일어나고 말았지만, 한편으로 우연히 얻게 된 것도 있었다. 바로 곁에서 주어지는 다정함의 짙은 향기와 자극적이지 않고 쾌적한 안약.

어떤 상황도 우리는 좋고 나쁨을 곧바로 판단할 수 없을지 모른다. 사건은 언제나 그냥 일어나기 마련이므로. 그러므로 우리는 우리에게 일어난 일이 스스로와 모두에게 '좋은 일'이 되기를 바라고, 믿고, 행동할 뿐이다.

창밖으로 얼굴을 내밀고 나는 음력 12월의 바람을 쐬었다.

서쪽 하늘 아래에 둘째 날의 달이 보였다.

달은 매일 모습을 바꾼다. 변화는 틀림없이 일어난다.

끝없이 이어지는 매일 속에서 빛을 냈다가 사라졌다가를 반복하면서.

그것은 달이 보여주는 우리들의 모습일지도 모른다. 시간의 흐름에 따라 모든 것이 변하고 그 순환이 바퀴가 되어 앞으로 앞으로 우리를 나아가게 한다는 것을, 논리가 아닌 무언가를 알려주고 있는 것일지도 모르겠다.

주의 깊게 보지 않으면 놓칠 것 같은 얇디얇은 달을 바라보면서 나는 미소를 지었다.

와이어 같은 저 빛은 이제 서서히 부풀어 오를 것이다.

아오야마 미치코는 2017년에 『목요일에는 코코아를』로 데 뷔한 이후로 줄곧 뜨거운 화제를 불러왔다. 일본 서점 직원들 의 투표로 선정되는 일본서점대상에 해마다 이름을 올렸고 작품마다 증쇄에 증쇄를 거듭했다.

『달이 뜨는 숲』은 2022년 포플라 사에서 출판되어 일본서 점대상 5위에 오른 작품으로, 달에 관한 팟캐스트를 듣는 사 람들의 이야기가 펼쳐진다. 간호사를 그만두고 새로운 일을 찾는 레이카, 택배 일을 하며 개그맨으로서의 성공을 꿈꾸는 시게타로, 딸의 갑작스러운 결혼과 출산으로 인생의 새로운 국면을 맞이한 다카바, 엄마로부터의 독립을 꿈꾸는 고등학생 나치, 직접 만든 수제 액세서리가 유명세를 타기 시작한 무쓰코. 이들 등장인물들은 다른 누군가의 이야기에서 작은 역할을 수행하며 유기적으로 연결되어 있다.

누군가의 이야기 속에서 다른 이야기 속의 인물이 등장하는 방식은 데뷔작인 『목요일에는 코코아를』과 그 후속작인 『월요일의 말차 카페』에서도 볼 수 있다. 이와 관련해 아오야마는 일본 매체와의 한 인터뷰에서 『달이 뜨는 숲』에서는 데뷔작에서도 주목했던 '보이지 않는 연결'을 더욱 의식하게 됐다고 밝혔다.

그 배경에는 2019년 말에 시작된 신종 코로나 바이러스의 대유행이 있다고 했다.

2020년 4월 초, 일본 정부는 신종 코로나 바이러스의 대책으로 특별조치법에 근거한 '긴급사태선언'을 했다. 이로 인해 전국 어린이집과 유치원, 학교에 휴원 및 휴교 요청이 내려졌고, 사람들에게는 생활 유지에 필요한 최소한의 외출만이 허락됐다. 거리에는 스피커를 통해 긴급하지 않고 불필요不急不要한 외출은 삼가해 주길 바란다는 내용의 안내 방송이 수시로 흘러나왔다. 긴급사태선언을 알리는 안내 방송, 텅 빈 거리, 셔터 내린 가게들. 그 모습은 마치 전쟁을 방불케 했다.

긴급사태선언은 5월 말에 해제되었지만, 이후로도 사람들과 단절된 생활은 이어졌다. 국경이 폐쇄된 탓에 외국에 있는 가족들과는 만날 수 없었고, 가족이 근처에 살고 있을지라도 고령이거나 면역이 약한 가족, 임신 중인 지인을 방문하거나 만나는 일은 꺼려졌다. 내가 코로나를 옮길 수도 있다는 불안 감에 '거리두기'는 상당히 오랜 기간 이어졌다.

단절된 생활 속에서 대면하지 않고 서로의 안부를 나눌 수 있는 SNS의 역할이 어느 때보다 주목받았던 때였다. 사람들 은 SNS를 통해 필요한 정보를 나누었고 때로는 실질적인 도 움을 주고받았다. 이러한 코로나 시대를 돌아보며 아오야마 미치코는 이렇게 말한다.

"출구가 보이지 않는 폐색감 속에서 제가 최근 2년 동안 가장 강하게 느낀 것은 '보이지 않는 연결'입니다. 모습이 보이지 않아도 사람과 사람은 틀림없이 이어져 있구나 하고 생각했어요. 이를테면 전등 스위치를 누르면 그 끝 어딘가에서 많은 사람들이 일해준 덕분에 전기가 켜져 요. 수도나 택배도 그렇고요. 이러한 상황을 다시금 떠올 리다 사람들이 살아 숨 쉬며 서로의 일상을 지탱해 주고 있다는 사실을 실감했습니다."

이처럼 자신을 드러내지 않은 채로 누군가에게 영향을 주고 그의 일상을 지탱하는 등장인물들의 이야기는 이번 소설의 주요 모티브인 '달'과 자연스럽게 이어진다.

『달이 뜨는 숲』에서 등장하는 달은 신월이다. 아오야마는 코로나 시대의 '보이지 않는 연결'이라는 주제와 관련해 편집자와 이야기를 나누다가 '보이지 않지만 분명 그곳에 있는 것'에는 어떤 것이 있을까, 라는 아오야마의 질문에 편집자가 "한낮의 별 같은 걸까요?"라고 하는 말을 듣고 신월을 떠올렸다고 한다.

달이 차고 기우는 순환 속에서 새로운 시작을 알리는 신월. 모습은 보이지 않지만 틀림없이 그곳에 존재하는 신월. 등장인물들은 각기 다른 어려움을 끌어안은 채 달이 뜨지 않는 칠흑 같은 밤을 매일 지내고 있다.

그러나 시간이 지나고 달이 차오르면 다시 밝은 밤을 맞이하듯, 등장인물들은 작은 계기를 통해 새로운 시작의 기회를 잡게 된다.

이야기의 중심에 있는 것은 팟캐스트 〈달도 끝도 없는 이야기〉다. 이는 일본의 고전 설화인 『가구야 공주』의 설정을 빌린 진행자 다케토리 오키나가 달에 관한 이모저모를 알려주는 방송이다. 등장인물들은 다케토리 오키나의 이야기에 귀를 기울이며 자신의 상황과 처지를 되돌아보곤 하는데, 이와 같은 설정은 아오야마 미치코의 전작 『도서실에 있어요』에서도 볼 수 있다. 『도서실에 있어요』에서 등장인물들은 도서실 사서 고마치 씨에게 추천받은 책을 통해 생각의 전환을 일으켜줄 변화의 실마리를 잡게 된다. 고마치 씨는 감사 인사를 전하는 등장인물들에게 자신은 아무것도 한 것이 없으며 "스스로 필요한 걸 얻어낸 것"이라고 말하는데, 『달이 뜨는 숲』에서도 등장인물들은 다케토리 오키나의 이야기를 각자의 스타일 대로 이해하고 자신의 생활에 접목시켜 나간다.

등장인물들의 이와 같은 태도는 아오야마의 소설관을 떠올리게끔 한다. 인터뷰에서 소설이라는 표현을 어떻게 생각하느냐는 질문에 아오야마는 이렇게 말한다.

소설의 좋은 점은 이렇게 하라거나 이렇게 하지 않으면 안 된다고 강요하지 않는 부분이라고 생각해요. 그것을 어떻게 읽고 어떻게 생각할지는 각각의 독자에게 달린 것이죠. 그러니까 작품에 담긴 메시지나 작품에서 말하고 싶었던 것이 뭔지를 묻는 질문을 받으면 고민이 돼요. (중략)
소설을 쓸 때는 '어느 누군가를 위해 쓴다'기보다 '어느 누군가를 향해 쓴다'는 마음가짐으로 써요. 이 세상에는 많은 책이 있고, 그중에서 제 작품을 골라 읽어준 건 굉장한 인연이죠. 저는 인연이 닿게 된 그 사람을 향해 소설을 쓰고 있다고 말하면 좋을지도 모르겠네요. 그 사람이 제 작품 속에서 뭔가를 얻는다면 더할 나위 없이 기쁜 일일 거예요.

이처럼 아오야마는 자신의 소설에서 독자가 "스스로 필요한 걸 얻어내길" 바란다.

그리고 아오야마의 이와 같은 생각은 『달이 뜨는 숲』의 "사람을 돕는다는 건 뭘까? 무엇을 돕는다고 말하는 걸까?"라는 질문으로 이어진다.

"누군가를 위해"라는 목적을 가지고 쓰지 않은 소설을 누군가가 읽고 "스스로 필요한 걸 얻어내는"것처럼, 돕는다는 것도 돕는다는 목적을 가지고 하지 않은 행위를 통해 누군가가 "스스로 필요한 걸 얻어내는"계기를 줄 수도 있는 것이다. 다케토리 오키나의 〈달도 끝도 없는 이야기〉가 등장인물들에게 변화의 계기를 가져다준 것처럼 말이다.

누군가를 변화시키려 하지 않으면서도 이어져 있으려는 기분 좋은 거리감이 아오야마 미치코의 인기의 실체가 아닐까.

뜨겁지도 차갑지도 않게, 하지만 어두운 밤하늘을 비추는 달처럼 항상 그곳에 있어 주는 다정함으로 아오야마 미치코는 오늘도 어딘가에서 언젠가 책을 읽어줄 독자를 향해 소설을 쓰고 있을 것이다.

일본에서 승미

『月と暮らす。』藤井旭著、誠文堂新光社
『月のきほん』白尾元理著、誠文堂新光社
『世界でいちばん素敵な月の教室』浦智史監修、三才ブックス
『夜ふかしするほど面白い「月の話」』寺園淳也著、PHP研究所
『月のふしぎ』石垣渉繪、大沼崇監修、マイルスタッフ
『星をさがす』石井ゆかり著、WAVE出版

〈한국어 역〉
『달과 산다』후지이 아키라 저, 세이분도신코샤
『달의 기본』시로오 모토마로 저, 세이분도신코샤
『세상에서 제일 멋진 달의 교실』우라 사토시 감수, 산사이북스
『밤을 샐 만큼 재미있는 달 이야기』데라소노 준야 저, PHP연구소
『달의 신비』이시가키 와타로 그림, 오누마 사토시 감수, 마일스태프
『별을 찾다』이시이 유카리 저, WAVE출판

〈취재 협력〉
유한회사 야노하라사이클 矢箆原 裕史

달이 뜨는 숲

1판 1쇄 인쇄 2024년 9월 27일
1판 1쇄 발행 2024년 10월 8일

지은이 아오야마 미치코
옮긴이 승미

발행인 양원석 편집부 출판기획실
디자인 최승원, 김미선 영업마케팅 양정길, 윤송, 김지현, 한혜원, 정다은, 박윤하

펴낸 곳 ㈜알에이치코리아
주소 서울시 금천구 가산디지털2로 53, 20층 (가산동, 한라시그마밸리)
편집문의 02-6443-8842 도서문의 02-6443-8800
홈페이지 http://rhk.co.kr
등록 2004년 1월 15일 제2-3726호

ISBN 978-89-255-7446-2 (03830)